召喚されたチート勇者のボーナスステージ
美少女ハーレムを築きながら裏ボスを倒しに行きます！
成田ハーレム王
Narita HaremKing
illust: サクマ伺貴
KiNG novels

孤独な美少女魔王
アイダ
苛烈な女神官
カテリーナ
討伐成功の勇者
矢代邦彦（クニヒコ）

元奴隷のメイド
リズ
ダークエルフ女王
アンゲリカ

アイダはまだ硬さを保っている肉棒を手に取ると、
そのまま挿入を始めた。
ずぶん、という音が聞こえてきそうな勢いで、
彼女の中に飲み込まれる。
「奥まで届いてる……。
もうこれじゃないと、満足できないわ」
「邦彦は寝てるだけでいいから、
くふっ、うっ、ふぅぅぅっ！」

召喚されたチート勇者のボーナスステージ

～美少女ハーレムを築きながら裏ボスを倒しに行きます！～

成田ハーレム王

illust：サクマ伺貴

KiNG novels

召喚されたチート勇者のボーナスステージ

contents

プロローグ

巨大な城の中、俺は魔王と対峙していた。

魔王といっても、姿が怪物のように恐ろしかったり、禍々しい雰囲気を纏っている訳ではない。むしろ見た目は、ほとんど人間と変わらない女だった。歳も俺よりいくつか下の、二十歳そこそこだろう。とはいえ、俺に魔王討伐を命令した教皇によれば、何百年も生きる怪物なのだそうだ。

実際にいまも、俺に向けて恐ろしく強力な魔法を連発してきている。

俺はそれを必死に、魔法で強化した長剣で打ち払っていた。

「……なかなかしぶといわね、最初の一撃で死ねばよかったのに」

魔王はその美しい相貌をピクリとも動かさずに、ゾッとするような冷たい声で言う。

「いやいや、防いだ代わりに盾が粉々だ。もう少しで、左腕ごと持っていかれるところだったぞ」

長剣と同様の魔法で強化した盾を持っていたのだが、魔王の強力な魔法攻撃で失ってしまった。

「勇者と出会う前から必殺技をチャージしておくなんて、これが少年漫画だったら大ブーイング必至だぞ。分かってるのか？」

「分からないわ」

魔王はそっけなく答え、再び俺に向けて魔法を放ってくる。

今度は頭上から、雷《いかづち》が雨あられと降ってきやがった。

さすがにこれは剣で打ち払うわけにもいかず、魔力強化された身体能力を活かして全力で回避する。一瞬の後、さっきまで俺のいた場所が雷の豪雨で焼かれた。

周囲にも余波が広がっていたが、大きめに回避したことでなんとか難は逃れたようだ。

「でもまだ、一安心というわけにはいかないか……っ！」

こっちの動きを予測していた魔王が、俺の回避先に極大の火球を発射してきたのだ。

火球の魔法は攻撃魔法の中でも基本中の基本なので、俺にも使える。

だが、ここまで威力の高いものは、これまで一度も見たことがなかった。

俺は足を止めずに、雷を回避した勢いのままでもう一歩大きく跳ぶ。

再び間一髪で回避した火球が髪の毛先を焼きながら逸れ、背後へと着弾した。

まるで大型の爆撃機が、巨大な爆弾を落としたように轟音と爆風が広がり、今までの戦闘でも十分に傷ついていた石造りの広間が、ついに半壊する。

「お前、自分の城をぶっ壊すつもりなのか!?　一緒に下敷きになるのは御免被るぞ！」

どんな魔法でも、放った後には隙ができる。

俺は一気に魔王との距離を詰め、右手に持っていた長剣で切り払う。

これまで人間型の敵など飽きるほど斬ってきたし、相手が女だろうが躊躇《ちゅうちょ》はない。

だが、俺の攻撃は硬い手応えとともに止められた。見れば魔王が、素手で剣を受け止めている。

「ふん、さすがに化け物と言われてるだけはあるな」

「当り前よ、それとも見た目通りだと思ったの？」

スタイルのいい体をドレスに包み、燃えるような赤い髪を持つ美しい魔王は、やはり強敵だった。

俺はすぐに左手でも追撃の一打を放つが、彼女はそれにもあっさり反応して後ろに跳ぶ。

その最中に魔法の準備が整ったらしく、ダーツのように鋭い魔法の矢を連続して放ってきた。

俺はそれを剣と、魔力を纏わせた左手で交互に弾きながら、さらに魔王へと接近する。

相手が遠近どちらにも対応できる以上は、俺も気にせず、自分の得意な距離で戦ったほうが良い。

魔王との距離はすぐに縮まり、再び格闘戦になる。

「ちっ、しつこいわね……」

今までずっとポーカーフェイスだった魔王の表情が、忌々し気に変わる。

「ほう、表情筋が死んでるのかと思ってたぞ。今度は笑ってみたらどうだ？」

「馬鹿にしないでほしいわ」

魔王が両手に魔法で短剣を生み出し、俺の長剣を迎撃してくる。

至近距離での一進一退の攻防が続き、激しい動きに魔王のドレスも舞い上がる。

白く瑞々しい足がむき出しになるが、そっちに意識を向けてしまったら、一瞬で短剣に切り刻まれそうだ。

「……チラチラとどこを見ているかと思えば、ふざけてるの？」

「まさか。こんなにいい女を殺さなきゃいけないと思うと、残念なだけだ」

まあ、今の俺はこれだけの力を持っていたって、普通の女ひとりをどうこうすることもできないんだがな。そう自嘲していると、魔王が一気に攻撃の手を激しくした。

「死ぬのはそっちよ。せめて死体は腐らないように、塵一つ残らず燃やしてあげる」

彼女の頭上に無数の火球が生み出され、それが俺目がけて突撃してくる。

剣で斬り合いながら、魔法でもここまでできることに驚愕するが、今の状況で避けるのは難しい。

被弾を覚悟した俺は、あえて前に出る。

「くっ……近づかないでほしいわね」

「まあ、そう言わずに付き合ってくれよ」

ほとんどの火球の射線から逃れることができたが、真正面の一つは避けきれない。

それを、最も防御の厚い正面で受ける。

一瞬胸に熱いものを感じたが、それを無視して力任せに魔王の腹を突く。

「そんな、正面からなんて……」

当然彼女も短剣で防御するが、俺は力任せにそれを突破する。

「力負けする……!?　ぐふっ！」

腹部に突き刺さった剣に手ごたえを感じた俺は、そのまま大きく切り払った。

ボロボロの広場に鮮血が舞うが、腹を突いたにしてはその量が少ない。

魔王もすぐに後退して、俺を睨みつけてきた。

「浅かったか、惜しいな。このまま決められればよかったんだが」

「……少し油断したわ。人間のくせにやるじゃない」

魔王が傷を押さえていた手を退けると、裂かれたはずの皮膚がすでに治り始めていた。

どうやら魔力や筋力だけでなく、治癒能力も人並み外れているらしい。

「こいつは少し時間がかかりそうだな……」

俺は派手な一撃を与えられる魔法が得意じゃないから、治癒させる間もなく殺すのは不可能だ。

武器は長剣だが、斧や大剣に比べるとどうしても一撃の重さでは劣る。

味方の援護もない以上、厳しい戦いになりそうだと思ったそのとき、俺は破れたドレスから見える魔王の腹部に痣のようなものを見つけた。

並大抵の傷なら治癒してしまう彼女の肌にそんなものが残っているのがおかしいと思ったが、よく見るとそれが、見覚えのある形をしていることに気づく。

「さあ、服を破ってくれたお礼をしようかしら」

魔王が反撃とばかりに、先ほどの倍はあろうかという数の火球を展開した。

だがそんなことよりも俺は、彼女の肌に見える痣……いや、刻印のほうに意識が囚われていた。

そして、魔王が動き出すというところでようやく気が付いて、慌てて制止する。

「おい、待て！　ちょっと待て！」

「……何、今さら命乞い？」

「違う、これを見てみろ。そうすればお前も分かるだろう」

俺はそう言うと、先ほどの攻撃で焼け焦げた自分の服の前を開く。

魔法で強化され、金属鎧並みの防御能力がある服を脱ぐのは自殺行為だが、この際仕方がない。

そして、俺の胸元が見えたところで魔王の動きも止まった。

まあそうだろう。なにせ、彼女の腹にある刻印と俺の胸にあるものは酷似していたんだからな。

「そんな、どうしてあなたに……いや、そういうことなの？」

一瞬だけ驚愕の表情を見せる魔王だが、すぐに何かを悟って忌々し気に表情を歪めた。

「俺はこれが勇者の刻印だと言われたが、そっちはそっちで別の説明をされたようだな」

「……ええ、お互いに利用されたみたいね」

彼女も同じ刻印を持つ者として、この効果は分かっているだろう。

刻印の効果は、命令の強制。

刻まれた者の魔力を最大に強化する代わりに、刻んだ者の命令を聞かなければならないという代物だった。

俺に与えられた命令は、闇の者と言われる勢力を束ねる魔王を倒すこと。

恐らく彼女も、似たような命令を受けているだろう。

お互いに相手の様子を見るように動きが止まったところで、俺から言葉をかける。

「こんなに高度な刻印を刻めるのは、世界にふたりといないだろうな」

「ええ、そうね。私としては、このままあいつの思惑通りに殺し合うのはいただけないのだけど」

「俺も同意見だ。そこで、一つ良い案があるんだがな……」

そう言って内容を話すと魔王も、それは面白そうだというふうに笑みを浮かべたのだった。

第一章　呪縛からの解放

一話　魔王をかくまう

魔王の居城が、爆音を響かせながら崩れていく。

俺はその危険な場所から、ひとりの少女を担ぎながら脱出していた。

落ちてくる天井を避け、邪魔な瓦礫を魔力強化済みの脚力で蹴り飛ばしながら外に出る。

次の瞬間、ひときわ大きな音が響いて魔王城が完全に崩落した。

魔王城は切り立った崖に建っていたので、崩れたところの大部分は、千メートル以上もあろうかという絶壁の下に落ちていった。

これなら魔王の死体が見つからなくても、言い訳は立つだろう。

調査はほぼ不可能だからな。

「実質的には囚われていたとはいえ、千年以上暮らした家が崩れるのは感慨深いわ」

「アイダ、お前は少し黙ってろ。俺が助け出して、気絶しているって設定なんだからな」

「酷いわね邦彦。それが女性に対する言葉遣いなの？」

そう、俺が担いで脱出したのは魔王だった。

あの後。協力するにあたってまず、刻印のことも含めてお互いの境遇を語り合った。

矢代邦彦《やしろくにひこ》とアイダ、それが俺たちの名前だ。

俺が先に、日本から強引に召喚されてから、教皇にむりやり勇者にされたことを語った。

どうやらアイダのほうも同じく異世界から召喚されて、魔王としての役目を与えられて城に閉じ込められていたらしい。

まあ、彼女のほうが千年以上前に召喚されていたことには驚いたが。

話を聞く限り、アイダもどうやら日本から召喚されたようだが、本来の名前はとうの昔に忘れてしまったらしい。

アイダは今、近くにいるだけで普通の人間なら卒倒しそうなほどに濃い魔力を抑え込んでもらって、人間のフリをしてくれている。

幸いなことに、他の闇の者のような分かりやすい角や尻尾もなく、肌の色も普通なのですぐにバレる心配はないだろう。

「しかし、本当に見た目の姿はそのままで大丈夫なのか？　刻印を刻んだ奴に見られたら……」

「問題ないわ。身に余る魔力のせいで、中身も外見もかなり変わってしまったから」

「それならいいが……。いずれ俺もそうなるかもしれないと思うと、ちょっと複雑だな」

とりあえずは、ひと目で彼女が魔王とバレる心配はないと知って安心する。

ふたりで共謀することで、勇者と魔王が殺し合う強制力からは逃れることができたが、もう一つの機能はまだ封じられていないからな。

そうこうしている内に、俺の仲間がこちらに近づいてきた。

仲間といっても、半分以上は監視のための人員だが。

「クニヒコ様！　無事だったのですね！　魔王はいかに？」

数人の騎士の先頭に立っているのは、上品な雰囲気のシスターだ。

彼女の名前はカテリーナ。勇者の補佐役であり監視役だ。

すらっとした立ち姿で非力そうに見えるが、教会の中ではかなりの実力者らしい。

俺も召喚されたばかりのころは、挑んでも手も足も出なかった。

「魔王は殺しましたが、死体は崖の底です。回収する余裕はありませんでした……申し訳ございません」

「いえ、刻印からは確かに魔王を討伐したという情報が届いています。よくやっていただけました」

長年の仇敵が消えたことに、嬉しそうな表情のカテリーナ。

人間を代表である彼女たちが光の者。それと敵対していた闇の者の首領が、魔王なのだからな。

「城にいた闇の者は、わたくしたちで駆逐しました。後は、少数がバラバラに逃げているようです」

そう言って現状を報告した彼女の目が、俺の担いでいるアイダに向かう。

「クニヒコ様、そちらの女性は？」

「脱出してくる途中で見つけました。どうやら城の中に囚われていたようです」

「まあ……。あの崩壊のなかで無事に助け出すことができたのですね、それは良かったです」

ホッと息を吐き、心から安心したようなカテリーナ。

こんな感じで基本的には信徒やその他の人間にも優しい彼女だが、闇の者相手には容赦がない。

それにカテリーナは、刻印のもう一つの機能を握っている相手だ。

俺が教会の命令に反逆しようとしたなら、カテリーナが少し魔力を流すだけで、刻印から激痛が発生して俺の動きを止めるのだ。まるで孫悟空のようだった。

どれだけ痛みに耐性があろうとも我慢することはできず、酷く苦しむことになる。

召喚されてから最初のころは何度となくそれで、反抗しようとする意志を削られたものだ。

そのときの癖で今でも、年下のカテリーナへの敬語が抜けない。

二十代半ばで召喚されてから修行に二年。もう三十路に近づいてきているというのに情けない。

「それで、その方のお名前は？」

「アイダというらしいですね、何か心当たりは？」

面識などあるはずもないだろうが、一応顔も見せる。

アイダのほうは、うまく狸寝入《たぬきねい》りをしているようだ。

「……いえ、申し訳ないですが記憶にありませんわ。ですが、着ているものの質はよいので、どこかの貴族の娘さんでしょうか」

「その辺はよく分からないので、起きたら聞いてみますよ」

「ええ、いきなり見知らぬ人がいては驚いてしまうでしょうし、クニヒコ様にお任せします。ただ、変なことはしないでくださいね？」

「分かってます。もう刻印はコリゴリですよ」

それから俺たちは、魔王城を攻める前線基地にしていた町へと帰還する。

一時間ほど馬に乗っていると、無事にその町に着いた。

ここも元々は闇の者の町だったが、今は光の者の軍勢が駐屯していた。

俺たちがこの町を制圧した後に、送り込まれてきた増援部隊だ。

一年以上の旅を続けて闇の者の勢力を削ってきたので、これまでに占領した町や村は五十を優に超える。

「わたくしたちはまず本部へ向かいます。クニヒコ様はお疲れでしょうから、宿に戻っていただいて結構です」

「ええ、そうさせてもらいますよ」

カテリーナはそのまま騎士たちを連れて、この町に設置した教会本部に向かっていった。

「……あのシスターは、ずいぶん邦彦を信用しているみたいね」

彼女たちが立ち去ったのを確認して、アイダが起き上がる。

「それは違うな、刻印がまだ機能しているから安心してるんだ。俺が逆らうはずがないと」

「へえ、だったらあいつらの目は節穴ね。目の前に魔王がいるのにも気づかないんだから」

そう言って馬鹿にするように笑うアイダ。

その表情はまさに伝え聞く残虐な魔王という感じで、彼女の本性が垣間見える。

戦闘時にもチラチラと見えていたが、千を超える年月は、平和な日本で暮らしていた彼女の精神を跡形もなく変えてしまったようだ。

「とりあえず宿に行こう。あそこなら信頼できる奴もいる」

「邦彦がそんなことを言う相手、気になるわね」

「そいつのことは、あまり弄《いじ》るなよ。俺みたいに頑丈じゃないんだ」

そう言いながら少し歩くと、宿に到着する。

扉を開けると奥からひとりのメイドが出てきた。落ち着いた雰囲気の少女だ。

もう、一年近く俺に仕えてくれていて、唯一安心して話せる相手でもある。

町の住人だった闇の者がほとんど逃げ出したので、この宿全部が俺の住居になっている。

彼女はそんな中、ひとりですべての家事を担当していた。

「お帰りなさいませ、ご主人様」

「ああ、ご苦労だったなリズ。急で悪いが来客なんだ。こっちは……アイダだ」

俺が彼女の紹介をすると、リズも改めて頭を下げる。

「リズと申します。よろしくお願いします」

「よくできた子ね。私はアイダ、危ないところをクニヒコに助けてもらったの」

「ではこちらと同じですね。わたしにとっても、ご主人様は命の恩人です」

彼女は以前奴隷だったようで、主人に捨てられて倒れているところを俺が拾った。

それからはこうして、メイドとして働いているというわけだ。

俺は別に、自由にしてもらって構わないと思っているんだがな。

リズ自身が希望している上に、カテリーナも勇者のイメージアップになるとかで賛成しているので、メイドとしての立場で固まってしまった。

「ご主人様、お疲れのようですので、部屋で休まれてはいかがでしょうか？」

「そうだな。もう休むことにする」

「では、わたしもアイダ様をご案内します」

それからアイダに、後で話があるので部屋に来てくれと伝え、俺は自室に戻るのだった。

二話　アイダとの協力

　自室に戻ってから三十分ほど経つと、部屋の扉がノックされた。

　立ち上がって扉を開けると、外にいたのはアイダだ。

　俺は彼女を中に入れ、飲み物を用意する。

「ありがとう、温かい飲み物は久しぶりだわ」

　彼女はカップを受け取ると、そのまま飲み始める。

　それがひと段落ついたところで、俺は話を切り出した。

「話し合いたいのは、これからのことだ」

「ええ、とりあえず刻印を騙すのは上手くいったけど、この先のことを決めていなかったわね」

　魔王城で、お互いがこの刻印のせいで戦うことになったのだと知った俺たちは、とりあえず相討ちは回避しようということで、合意して手を結んだ。

　お互いの情報を照らし合わせたところ、やはり仕組まれた戦いであることが分かったからだ。

「俺の刻印には【魔王の心臓を突き刺す】と示されているが、アイダの刻印には勇者と戦わせる指令しかない。最初から、勝負の行方は決まってたわけだ」

「刻印に込められている魔力も、私のほうが少し少なかったわ。だからこそ、多少の抵抗はできたのだけど」

　刻印の指令と効果を把握した俺たちは、その通りに行動することにした。アイダの心臓を俺の剣で貫いたのだ。

それによって、俺の刻印に刻まれた【魔王の心臓を突き刺す】という命令は完了する。

しかし、普通の剣でやってしまっては、もちろんアイダが死んでしまう。

そこで俺が使ったのは、あのとき彼女が魔法で作り出していた短剣だった。

自分自身の魔力で作った武器で、術者が傷つくことはない。手のひらで発火の魔法を使っても熱くないが、それと同じだ。

しかし、剣を心臓に突き刺したことは事実なので、俺の刻印の命令が消えたというわけだ。

同時に勇者との戦闘が終わったことで、アイダにかけられていた刻印の命令も遂行したことになる。とはいえ、ふたり共まだいくつかの命令が刻まれているから、自由という訳ではないんだがな。

「ああ、別に私を剣で刺したことは悔やまなくていいわ、あれがいちばん効率的だったし」

「あれで無理だったら、俺は本当にお前を殺すしかなかったな」

「殺せると思ってたの？」

ふたりで顔を見合わせながら苦笑する。

お互いに、とっておきの切り札はまだ残してあるということらしい。

あそこで最後までアイダと戦わなくて、ほんとうに良かったと思っておこう。

「それで肝心のこれからのことだが、アイダはどうするんだ？」

「私はこの刻印を刻んでくれた奴を探して復讐するわ。ここまで来たら真の自由が欲しいもの」

アイダへの命令の一つに、魔王城から動いてはいけないというものがあった。

その魔王城がなくなってしまった今では条件が揃わず効果が発揮されないが、刻印が生きている限り、また命令が送られてこないとも限らない。

「もう千年近く音沙汰がないけど、生きていると知られたら新しい命令をよこすに決まってるわ。その前に、相手を引きずり出す」

彼女の言葉には強い決意が感じられた。

それほど刻印した相手が許せないのだろう。もちろんそれは俺も同じだ。

黒いローブを纏ってフードをした女、俺も自分に刻印をした奴のことを思い出す。

「俺も復讐したいのは山々だが、賛成はできないな」

「なに？　刻印の痛みが怖いの？」

「それもある。慣れない痛みを永遠に味わわされるのは御免被《こうむ》りたいしな」

短時間だけでも悶えるほどの痛みだというのに、もし永続的に発動されたら精神がおかしくなってしまう。

勇者になって魔力こそ爆発的に大きくなったが、精神構造は普通の人間と同じなんだ。

千年間でいびつに変化してしまったアイダとは、そこが違う。

「それに、無事に魔王を倒したんだから、教皇に言えば刻印くらい解除してもらえるはずだろう。そうすればもう、後は好きに生きられる」

光の者の主柱となっている宗教、イルミナス教。その教皇が、異世界に俺を呼び出した張本人だ。

「正直に言えば、教皇もフードの女も磔《はりつけ》にしてやりたいほど憎んでるが、敵に回すのは得策じゃない。なにせ現状ではもう、世界の七割が光の者の勢力だ」

「……ねえ、本当に諦める気なの？」

アイダが真剣な表情で、俺が座わっているベッドのほうへやってくる。

「正直、もう自由が得られれば、そこで妥協点なんだがな」

「ダメ、そんなのダメよ！　千年経って現れた、初めてのチャンスなんだから」

アイダが厳しい顔になって、俺をベッドに押し倒す。

持っていたカップが床に落ち、ガシャンと音がした。

「ねえ、お願い、私に協力して。ふたりが力を合わせれば教皇だろうがあの女だろうが叩き潰せるわよ」

「感情的になってるな、少し落ち着いたらどうだ？」

「十分冷静よ、だから今あなたに頼んでるの。お互いのほかに、秘密を共有していて戦力になって、信用できる相手がいるの？」

確かにそういう意味では、アイダしか信頼できる相手はいないな。

カテリーナは闇の者への敵意以外は信用できないし、リズは信用できても戦力にはならない。

「望みなら何でも叶えてあげるわ。元の世界に帰りたいなら、その方法もいっしょに探し出す」

そう言って真剣に、俺を見下ろすアイダ。

至近距離にいるからか、彼女の女性らしい肉体が俺の体に押しつけられている。

腰のあたりは肉付きのよい足に押さえられ、胸には彼女の豊満な柔肉が軽く接触していた。

それを認識した途端、俺の中に劣情が湧きだす。

「何でも……か。それならひとつ、欲しいものがあるな」

「へえ、どこに？」

「俺の目の前にだ。お前だよアイダ」

「……なんですって？　邦彦こそ正気を失ってるんじゃない？」

さっきまで割に合わないと言っていた俺が急に方向転換してのだ、驚くのも無理はない。

「こういう一時の感情に身を任せるのも、いいかと思ってな。とにかく、返事を聞かせろ」

そう言うと、アイダは少し迷った様子を見せたあとに頷く。

「いいわ、これから邦彦のものになる。それで協力してくれるのよね？」

少し顔を赤くしながら言うアイダ。

召喚される前はどんな女だったのか知らないが、性格が変わって記憶も失っているようだから、こういうことも初めて同然だろうな。

「ああ、そうと決まればさっそく始めるとしようか」

俺は彼女の肩に手を伸ばすと、慣れた手つきでお互いの位置を入れ替える。

そして、俺がアイダをベッドに押し倒す形になったところで現状を認識した彼女が身を硬くした。

「えっ、なに？　いつの間に……」

「俺がリードしてやる。こっちに身を任せろ」

困惑するアイダにそう言って、俺はドレスに手をかけた。

大きく開いた胸元を下に引っ張ると、いとも簡単に巨乳がこぼれ落ちる。

「あっ、止めッ！　なんでそんなに手際がいいのよ!?」

アイダが腕で胸を隠しながら、俺を見上げてくる。

「まあ、それなりに経験はあるからな。ただ、最近は奉仕されっぱなしだったから自分から動くのは久しぶりだ」

「奉仕って、もしかしてあのメイド……」

「願い出てきたのはリズのほうだぞ。正直に言って、悪い気はしなかったしな」

俺に仕えているリズの仕事は、家事はもちろん性的な奉仕にまで及ぶ。

奴隷時代に仕込まれたらしく、そのテクニックは一級品だった。

「リズから女の弱点も色々教えられたからな、アイダにも通用するか試してみようか」

俺はアイダの足の間に体を割り込ませ、閉じられないようにする。

それから止まることなく、彼女の下着の中へ指を滑り込ませた。

「ちょっと待って……んっ！」

秘部に軽く指を触れさせると、彼女の体がビクッと震える。

「我慢するな、それとも約束を反故《ほご》にするつもりか？」

「ち、違う……はうっ、あぁ」

約束のことをチラつかせると、彼女が拒むように力を入れていた部分が緩んだ。

それでもなお、体がまだまだ硬くなっているのは、やはり初めてで緊張しているんだろう。

「なかなか濡れてこないな、もう少し大胆にやってみるか」

指だけでは足りないと感じた俺は、その場でアイダの足を大きく開かせる。

「うっ……これはかなり恥ずかしいんだけど」

「すぐにそんなもの、気にならなくなるさ」

そのまま身を屈め、彼女の下着をずらして秘部を眼前に捉える。

「ちょっと、いったい何を……ひうっ⁉　何か柔らかいものが！」

アイダが感じたのは、俺の舌の感触だった。

彼女の緊張を解くためには、指より柔らかい部分で丁寧に愛撫してやる必要があったからだ。

「嘘……な、舐めてるの？　私のを……んんっ！」

初めて受ける責めに困惑しながらも、声を我慢できず嬌声を漏らすアイダ。

いい調子だ、体のほうもだんだん緊張が解けてきたな。

「あんまり大きな声を出すと、リズに聞こえるぞ」

「ッ⁉　ダメよ、そんなのダメ……くふっ、ううっ」

秘部を舐めながら指で陰核に触れると、声を押さえようとして自分の口を塞ぐ。

しかしそのせいで、今まで手で覆い隠していた巨乳が露《あらわ》になってしまった。

足の間に挟まれながら視線を上げると、引き締まった腹の向こうに大きな二つの山が見える。

となれば、せっかく開放されたそこを弄らないわけがない。

「声ばかり気にして、防御がおろそかになっているぞ」

俺はそれまで横に広げていたアイダの両足を掴み、一気に上へ押し上げる。

「うっ、あくぅ……こんな格好、恥ずかしすぎて死んじゃいそう」

「ほら、しっかり自分で足を持っていろ」

そのまま彼女自身に膝裏を抱《かか》えさせると、アイダは秘部も胸も丸出しになってしまった。

「このままもう少し弄ってやる、準備ができたら本番だぞ」

「わ、分かってるわよ……はぁ、はぁ、んぅぅぅ！」

俺は右手で彼女の巨乳を鷲掴みにし、左手で秘部を弄る。

敏感な乳首や陰核に触れるたびにアイダの体が震え、体に快感が送られていることが分かった。

そのまま続けるとだんだん息も荒くなり、触れずとも秘部から愛液が零れ落ちてくるようになる。

真っ白な肌も上気し、顔も快楽に蕩け始めている。

「俺と戦ってたときのクールな印象が台なしだな。カメラがあれば撮っておきたいほどエロいぞ」

「そんなの、絶対許さないからっ」

「そうだな。確かにこれからは、見たいときにいつでも見れるからな」

暗にこれから何度も犯してやると言うと、いっそう顔を赤くするアイダ。

冷酷無比と伝えられている魔王も、こうなっては形無しだ。

そうこうしている内に、アイダのほうの準備が整ったらしい。

軽く指先を入れてみると膣内も濡れており、受け入れるには十分だろう。

「さて、それじゃ……」

しかし、いざ始めようとしたところでアイダから待ったがかかった。

「せめてこのままは止めて、絶対おかしな顔になっちゃうから……」

普段は気丈な魔王に、涙を滲ませるように頼まれては断れない。

「仕方ないな、その分、遠慮せず楽しませてもらうぞ」

俺は彼女の腰を抱えると、そのままバックの体勢になる。

そして、改めて自分のものを取り出すと膣口に押し当てた。

「なっ!? これ、こんなに大きいなんて聞いてないわ」

「普通このくらいだ、喚いても終わらないぞ」

アイダの腰をしっかり掴んで、逃がさないようにしながら肉棒を中に押し込んでいく。

「ううっ、あっ、ぐぅ！　中が広がっちゃう……！」

彼女はベッドのシーツを思い切り握りしめて、破瓜の痛みに耐える。

入念な準備のおかげか、締まりこそキツいものの、挿入が途中で止まってしまうようなことはない。そのまま彼女の最奥まで、俺のものを押し込んだ。

「ふぅ、ふぅ、全部入ったの？」

「残らず奥までな。何だかんだ言いつつ、最後までできるじゃないか」

「ぜんぶ邦彦が勝手にやったんじゃない」

ハァハァと熱い息を吐きつつ、アイダは俺の目を見る。

自分では気づいていないだろうが、彼女の瞳はすでに、次を期待するものになっていた。

一度この快感を味わってしまったら、よほど自制心が強いか枯れてでもいない限りは、また欲しくなってしまう。

女の体は、そういうふうにできているからだ。

「それじゃあその言葉通り、今度も勝手にやらせてもらおう」

「んあっ、まだ私は慣れてないのに……もう、好きにしなさいよ」

彼女の許可も貰ったところで、本格的に腰を動かし始める。

最初はゆっくり、徐々に動きを速くしていく。

「大きいのが中で擦れて……、先の出っ張りでかき出されてるみたいな感じよ」

だが、動かす度に慣れていっているのか、アイダの言葉も少し落ち着いてきた。

俺としてはもう少し反応してくれてもいいんだが、そこはこっちの腕の見せどころか。

「もう少し激しくいくぞ、頭から崩れないように注意しろよ」

そう言って、彼女の尻に腰を打ちつけるように激しく動かした。

部屋の中に乾いた音が響き、同時にあふれ出た愛液がシーツに染みを作る。

慣れたといってもアイダは処女を失ったばかりなので、まだ激しい行為には耐えられないようだ。

すぐに耐えかねるように足を震わせはじめ、腕が崩れてベッドに肘をついた。

「はっ、ふぅ！　これっ、激しすぎる!!」

「これくらいで俺はちょうどいいけどな。このまま最後までいくぞ」

俺は腰を掴んでいた手を少しずらし、そのままむっちりとした尻肉を揉む。

先ほど胸も味わったが、こっちもなかなかのものだ。

かなり弾力があるのに、力を込めるとしっかり指が沈んで柔らかい感触を堪能できる。

腰を打ちつけるときの衝撃で揺れる尻を見るのも一興だ。

「はぁはぁ……私もう、体がついていかないわ」

どうやらアイダは、このあたりで限界らしい。

まあ、初めてにしては頑張ったほうだ。

魔王の身体能力がなかったら、もっと早くギブアップしていただろうな。

「俺も、もうそろそろだ、しっかり最後まで受け止めろよ」

「んくっ、そんなにがっしりお尻掴んで、言われなくても分かっちゃうわ」

彼女はもう、俺の手からは逃げられないと悟っているらしい。

それなら遠慮なくやらせてもらおう。

「アイダ、イクぞ。中で出すぞ！」

「はうっ、あっ、あん！　私もなにか来ちゃうっ！」

限界を超えた彼女の体も悲鳴を上げ始める。

足腰から力が抜けそうになっているの支えてフォローし、がっしりと腰を掴んでアイダを逃がさない。膣内も本能的に激しく締めつけてきて、精液を搾り取ろうとしてくる。

その初々しい反応と、目の前で喘いでいるアイダの艶姿《あですがた》に興奮した俺は限界を迎えた。

「ぐうっ……」

最後に一段と激しく彼女の中を突きながら、射精の瞬間は一番奥まで突き込んで解き放つ。

一気にアイダの中に白いものが溢れ、熱い粘液が彼女を満たしていった。

「うっ！　なに、熱いのが中に入ってきて、体に火がついたみたいに……！」

次の瞬間、アイダの体が大きく痙攣する。

「ああっ、ひゃぁ！　壊れるっ、頭おかしくなるぅ！」

隠しようがないほどの声を上げながら、力を失ってベッドに倒れ込むアイダ。

俺も彼女と一緒に、真っ白いシーツへと横になった。

「はぁっ、はぁっ、はぁっ……」

未だに興奮冷めやらぬ様子で、アイダは大きく肩で息をする。

「大丈夫か？」

「うぅ、誰のせいだと……もう腰から下は動かせないわ……」

うつ伏せに倒れている彼女の足は自然と広がってしまっていて、確かに力が入らないようだ。

それに、足の間には膣内から溢れてしまった白濁液が漏れ出ていた。

「さすがにこれは隠しようがない、リズにどう説明するかな」

「最初から隠すつもりなんてなかったくせに。次に彼女に会ったときに、どんな顔をすればいいのか分からないわ……」

下階まで聞こえてしまうほどの嬌声だったからな。

だが、従順なリズは、あまり表立って何か言うことはないだろう。

その分内心に抱え込んでいるかもしれないが、今度じっくりふたりきりで可愛がってやればいい。

「そう難しく考えるなよ、これから仲間になるんだから」

俺はそう言いながら、アイダの頭を軽く撫でて目を瞑る。

そして、疲れた体を休めようと眠りに落ちるのだった。

三話　帰還の旅路

翌日、俺たちはカテリーナに呼び出された。

リズも含めた全員ということなので、この町から移動するのだろうと思い荷物を纏めて宿を出る。

そして教会部隊の本部になっている、仮設教会までやってきた。

中ではまだ、昨日の戦いに参加した兵士たちが神官から治療を受けている。

「……随分と神官が多いわね、兵士十人につきひとり……くらいは居るんじゃない？」

その様子を見ていたアイダが、そうつぶやく。

「イルミナス教は多くの神官に治癒魔法を教育しているからな。魔力の少ない神官でも使える、簡単な治癒魔法も開発したらしい」

そのおかげでイルミナス教の神官は全員が治癒魔法を使え、信者にほぼ無償で魔法を使っていることで、人気がある。

普通の医者や治癒系魔法使いに頼るよりも、ずっと安くすむからだ。

「それに、今はケガ人や病人が多いからな。まあその話は後だ、カテリーナの部屋に着くぞ」

仮設教会の奥にある部屋の前で、数回ノックする。

「俺です、矢代です」

「どうぞ入ってください」

中からカテリーナの声が聞こえ、俺たちは揃って入室する。

「おはようございますクニヒコさん、昨日はよく眠れましたか？」

「ええ、さすがに魔王と戦って疲れましたから。朝まで泥のように寝てましたよ」

さすがに昨日会ったばかりの女、それも魔王を抱いていたとはいえないな。

「そうですか。それでは、アイダさんから何か話は聞けましたか？」

カテリーナはそう言いながら、アイダのほうを見る。

「それが、どうも記憶が混乱しているようで、アイダは捕まる前のことを覚えていないんですよ。闇の者に魔法でもかけられたのかもしれません」

「まあ……ですが、そうなると困ってしまいますね。このまま放り出す訳にもいきませんし」

今度は腕を組み、悩むような表情でアイダを見る彼女。

肝心のアイダはといえば、そんな視線などどこ吹く風とばかりに無表情を決め込んでいた。

「アイダさん、本当に何も覚えていないんですか？」

「……そうよ。家の中で誰かに肩を掴まれたと思ったら、あそこで囚われていたの」

「それはお可哀そうに……しかし、無事に助け出せて良かったです。クニヒコ様、アイダさんのことはこのまま、お任せしてもよいでしょうか？」

カテリーナは彼女に同情するような視線を送ると、俺のほうを向く。

「どうやらおふたりには信頼関係ができているようですし、彼女のための物資は融通しますので」

「そうしてもらえると助かります。リズも俺の世話だけじゃ、手持ち無沙汰でしょうし」

俺はそう言って背後を振り返り、扉の横に静かに立っているリズを見た。

「はい、お任せください。二人でも三人でも大丈夫です」

そう言って頷く彼女に、俺は満足して視線を戻す。

カテリーナもそれを見て了承したようだ。

「分かりました。では、本題に移りましょう」

「俺たち全員を呼び出したということは、どこかに移動ですか？」

彼女は俺の質問に頷くとそのまま続けた。

「闇の者の残党もほぼ掃討し、わずかな残存戦力も散り散りに逃げていることが確認されました。そこで、わたくしたちは一度教会本部に戻ります」

教会本部、その言葉に俺は内心で喜ぶ。

本部には人間を主とする光の者のリーダーで、俺を召喚した張本人でもあるイルミナス教の教皇がいるからだ。

魔王などよりよほど憎い相手だが、同時にこの世界で最も重要な後ろ盾でもあった。

「教皇猊下に会い、今回の魔王討伐を報告します」

教皇が勇者に会い、魔王討伐の報告を受ける。

それが広まれば、勇者を召喚した教皇の評価はうなぎ登りだろう。

現状でも大陸中に広まりつつあるイルミナス教だが、これまで以上にその権威が強まるに違いない。

「猊下は直接の報告を心待ちにされています。今から移動しますが大丈夫ですね？」

「ええ、もう荷物はまとめてありますよ」

「素晴らしい。ではさっそく移動しましょう」

俺たちはカテリーナに連れられ、外に向かう。

そこには既に数台の馬車と、それを守る騎兵が待機していた。

「随分豪勢ですね……」

これまでは俺とカテリーナに数人の教会騎士、それからリズで行動していた。

馬車もあったがほとんど荷物運び用だったのに対し、今回は明らかに要人のための立派なものだ。

「これまでは闇の者の危険があるため少数精鋭での旅でしたが、魔王が滅びた以上、その心配はありません。それに、この立派な馬車は重要な役割も持っていますわ」

「……凱旋のための印象付けね」

「そう、アイダさんの言う通りです。勇者であるクニヒコ様がゆったりとしていれば、教徒の皆さまも安心できるというものです」

確かにこれまではガチガチの実戦装備のまま、あちこち回っていたからな。

俺の顔もそこそこ知れているし、カテリーナの狙っている効果はあるかもしれない。

「分かりました。こっちとしても、ふたりは馬に乗れないから助かります」

リズは元奴隷なので、乗馬の教育を受けていないのは当たり前だ。

それに、アイダも魔王城に閉じ込められっぱなしで馬に乗る必要もなかったしな。

俺たちはそのまま馬車に乗り、さっそく教会本部に向けて出発した。

途中、いくつか見知った町や村を通ったときには盛大に歓迎を受ける。

俺としては、やりたくもないことをやらされた結果なので歯がゆいが、彼らは俺の新しい後ろ盾でもある。

教会が俺を勇者として積極的に押し出したこともあって、前線に近い方面には顔見知りの人間もかなり多い。

刻印の呪縛から逃れるために、彼らの存在は大いに役立つはずだ。

「さすがに凄い人気ですね、クニヒコ様は」

窓の外を見ながらカテリーナがそうつぶやく。

町中では優に百を超える市民たちが、こっちに手を振っていた。

「クニヒコ様もしっかり応えてくださいませ」

「分かりました」

ほとんど命令に近いお願いをされ、俺も愛想よく笑いながら手を振る。

こんなことを拒否して、刻印の力を使われるのも馬鹿らしいからな。

「ふふ、皆さんも喜んでいるようですよ」

「そうですか」

嬉しそうなカテリーナに適当な生返事を返す。

やはり彼女の、光の者と闇の者に対する態度の違いは凄いな。

こういうのを狂信者って言うんだろうか。

それから俺たちはいくつもの町を経由し、教会本部に向かう。

最短距離で向かわないのは、やはり宣伝のためらしい。

俺は町や村を通る度に慣れない対応を要求された。

これなら、オークやサイクロプス相手に戦っているほうが楽だと思いながらも、行く先々で観衆に対応していった。

それからさらに一週間ほどが経ち、ようやく教会本部のある都市が目前になった。

俺たちはまず、街道沿いにテントを建てて野営をすることに。

都市に入るのは、あちらの準備ができてからのようだ。

「ようやくか、久しぶりだな」

一年以上も闇の者を相手にあちこち駆け回っていたので、この都市に帰るのは久しぶりだ。

とはいえ、ここでの時間は殆どが厳しい訓練だったので嫌な思い出しかないが。

召喚されたばかりのころの俺は、勇者としての力があるだけの、戦闘経験のない一般人だった。

なので、半年間みっちりと戦いの訓練をさせられたのだ。

教会の騎士や魔法使いにしごかれ、まさに死ぬような思いを体験しながら乗り切った。

そのおかげなのか戦場で死ぬことはなかったとはいえ、喜ぶことではない。

教皇が俺を召喚しなければ、こんな目に遭わずにすんだのだから、恨みこそすれ感謝などあり得なかった。

「クニヒコ様、明日はいよいよ本部に到着です。そこで一休みした後、教皇猊下と会見の予定です」

「分かりました。さすがに長旅で皆疲れているみたいですからね」

町で勇者の威光を示す以外は、全速力だったからな。

馬車に揺られてばかりで、俺やアイダはともかく、リズはかなり疲れているようだ。

早く落ち着けるところで休ませてやる必要があるだろう。

「しかし、驚きましたわ。これほどまでに勇者の活躍が広まっていたとは」

ふとカテリーナが呟く。

「これも全て、教会の支援のお陰ですよ」

「ふふ、これで新しく教徒が増えるといいのですが」

俺の態度に満足したのか、彼女はそのまま自分のテントに戻っていった。

「地道に少しずつ草の根運動か、まるで選挙だな」

自嘲するように笑いながらも、俺は今日までの市民の反応にも満足していた。

これまでの旅の途中でも、カテリーナから勇者としての凛々しいふるまいを求められてきたが、その結果があの市民の反応だ。

彼らは教会というよりも、俺個人に感謝している面があるように見えた。

これを上手く使えば、目的も達成できる可能性が高いだろう。

俺はそう考えながら眠りにつくのだった。

四話　勇者の凱旋

翌日、俺たちは教会本部に到着した。

都市の市民たちには既に、俺たちが今日帰ってくることが伝えられていた。そのための野営待機だったわけだ。

そして今、俺たちは盛大な歓迎で迎えられていた。

「凄いわね、これほど人が出てくるなんて」

アイダが馬車の外を見ながらそう言う。

しかし、その表情は冷たい。まるでテレビで、遠い国のニュースでも見ているようだ。

馬車は今、都市の中央道を貸し切って移動していた。

道の両側にはここから見えるだけでも千人近い群衆が詰めかけ、歓声を上げている。

そして、それが都市の門をくぐってからずっと続いているのだ。

「パレード全体では十万人はいるそうですわ、これほどの人々が迎えてくれるとは嬉しい限りです」

反対にカテリーナは上機嫌だった。

彼女にとっては、教会の権威が高まればそれだけで嬉しいんだろうな。

「クニヒコ様、そろそろ本部に着きますわ。準備をしてください」

「分かりました」

俺は馬車の壁に立てかけていた剣を取り、腰に装着する。

魔法で強化された上着も着て、これで完全に戦闘装備だ。

盾はアイダとの戦いで失われてしまったが、あれは万が一のために持ち込んだだけなので要らないだろう。見慣れた姿の俺が完成し、カテリーナも満足そうに頷く。

「いつものクニヒコ様ですわね、これで皆さんも一目で分かりますわ」

そう、彼女は一目見ただけで勇者だと分かるように、装備を統一するよう俺に命令していた。

宣伝のための徹底した考えには、呆れるばかりだ。

まあ、実際に戦うときは相手に合わせて武器を変えたりもする。

アイダと戦うときに盾を追加したのもその一例だ。

「それでは参りましょうか、クニヒコ様」

カテリーナに促され、俺は停車した馬車から降りる。

次の瞬間、周囲から割れんばかりの歓声が上がった。

耳がおかしくなりそうな音量に辟易しながらも、俺は彼らに愛想よく手を振る。

すると更に歓声が大きくなり、拍手の嵐が送られる。

彼らに対応しながら歩き、そのまま教会に正面から入っていった。

カテリーナたちは馬車で裏口に回り、中で合流する予定だ。

「ご苦労様でした勇者様。さあ、こちらです」

中では数人の聖職者が待っていて、俺を案内する。

俺が滞在する部屋だと言われて通されたが、着いてみると、訓練中にここで使っていた部屋より明らかに豪華だった。

前の部屋が都会の狭いビジネスホテルだとすると、高級ホテルのスイートルームってところだな。

先ほどチラッと見たが、教会の内装もさらに豪華になっており、外には見慣れない建物も増築されていた。どうやらかなりの金が、すでに集まっているようだ。

「クニヒコ様にはこちらで滞在していただきます。お連れの方の部屋も隣に用意しますので」

「お願いします」

一息ついた後にカテリーナたちと合流した。

まずは、教会の対外遠征を取り仕切る部署に行って、そこで旅の報告をする。

週に一度は伝令を挟んで情報を伝えていたが、より詳しい話を聞かれた。

カテリーナによると、これから俺の活躍を物語にして、あちこちに配るらしい。

本当に宣伝が徹底しているなと呆れながら、旅の中であったことを書き起こしていく。

さすがにすぐには終わるはずがなく、大まかな部分だけでも夕方までかかってしまった。

ともあれ、後は教会側が都合のいいように改変するのだろう。

俺は、やっとお役御免になって自室へと戻る。

それから夕食やらなにやらを終え、明日に備えて寝ようとベッドに横になる。

どうにかして教皇を言いくるめ、この刻印を消させなければならないからな。

そんなことを考えていると部屋の扉がノックされる。

ベッドから起き上がって扉を開くと、そこにいたのはカテリーナだった。

「こんな夜更けに、どうしたんですか？」

「クニヒコ様にお話があって来ました。入れていただけますか？」

まさか断れるはずもなく、彼女を中に迎え入れる。

カテリーナがテーブルにつくと、俺もその向かい側に座った。

「それで、話というのは？」

「はい。実はもう一つ、クニヒコ様に滅ぼしていただきたい闇の者がいるのです」

俺はその言葉に、違和感を覚える。

なにしろ、闇の者のリーダーだった魔王はすでに滅びたということになっている。

「いったい、どこの何者を、どういった理由で討伐するのですか？」

しかし俺は、彼女の言葉を無視するわけにはいかない。

忌々しいことだが、刻印を発動される痛みが体に染みついてしまっているからだ。

俺の質問に対し、女神官はこちらをまっすぐ見たまま告げた。

「この大陸の端に巣くう、ダークエルフです」

「ダークエルフ……話には聞いたことがありますが……」

確か、闇の者を構成する勢力の一部だったはずだ。

異種族が混在する闇の者の中では数こそ少ないが、個体の能力はとくに優れているという。

「そのダークエルフです。これまで数々の闇の者を屠《ほふ》ってきましたが、あの種族だけはいまだ無傷。これは大変に危険ですわ！」

彼女はテーブルに手をついて強く言った。

どうやら、ダークエルフにかなりの危機感を持っているらしい。

これまでは、どんな種族相手であっても涼しい顔で戦ってきた彼女にしては珍しいな。

「どうしてそこまで、一種族にこだわるんです？　大陸の端に拠点があるなら、ゆっくりと包囲すればいいと思うんですが」

既に光と闇の戦力比は、覆せないところまで傾いている。たとえダークエルフが一騎当千だとしても、全体で百万を超える教会戦力に抗うことはできないはずだ。

「魔王のような強力な存在さえいなければ、今の闇の者の勢力なら、教会の部隊だけでも十分だと思いますよ」

「それでは甘いのです。ダークエルフ、特にその女王は野放しにしておけないのですわ」

カテリーナが、強い負の感情を沸き立たせるように言った。

ここにきて俺も、いよいよおかしいと感じ始める。

「そこまで警戒する理由とは何ですか？」

「わたくしの故郷が女王に滅ぼされたからですわ。それに、そのとき彼女の力をこの目で見ました」

なるほど、それならここまで感情を露《あらわ》にし、危険視していることも分かる。

だが……。

「それは、教会本部からの命令なんですか？」

「……いえ、まだ正式な指示は出ておりません」

痛いところを突かれたというように、苦い顔になるカテリーナ。

「俺は教皇猊下に言われて、闇の者たちを滅ぼしてきました。でも、その最高の目的であった魔王がすでに討伐された今、どういう名目で俺を動かすんです？」

最初のころと違い、今の俺は教会の最大戦力として認識されている。

替えも効かないし、カテリーナとはいえ、ぼやっとした理由で命令することはできないだろう。

「わたくしが今、ダークエルフの危険性を上層部に説いていますわ。クニヒコ様が首を縦に振っていただければ、すぐにでも決まります」

「そうですか……ですが、お断りします」

「なっ……なんでですか⁉」

拒否の言葉にカテリーナが思わず立ち上がった。

「何故って、俺の役目は終わったからですよ」

魔王討伐、それが当初からの俺の役目だったのは周知の事実だ。

「本気で、わたくしの言葉を聞かないというのですか？」

彼女はそう言いながら俺のほうに近寄ってくると、肩に手を置く。

おそらく、刻印を発動させるというアピールだろう。

「それで、刻印を発動させてどうするんですか？　私欲のために刻印を使ったとなれば、あなたであっても批判されますよ。それに凱旋中の今は、俺が何日も不調になっては困るでしょう？」

これまでは、魔王討伐のためという大義名分があった刻印行使だが、それはもう使えない。

遠征中なら無理矢理従わせることもできるかもしれないが、今の俺には教会内にも支持者がいる。

それにこんな独断が伝われば、いかに討伐の功労者であるカテリーナでも失脚は免れないだろう。

そうなればもう、ダークエルフには手が出せない。

「くっ……人気があるのも考えものですわね」

「俺を、そういう立派な勇者にしたのは教会でしょう？」

そう皮肉を言いながら、俺はいい機会だとも考えていた。

そして、カテリーナのほうを見ながらある提案をする。

「そうだな……今夜一晩、俺の相手をするなら考えてもいいぞ」

いつもの丁寧な口調を止め、地の調子で話す。

「一晩相手を……あなた、わたくしをバカにしているのですか!?」

「いいや、バカにしてなんかいない。前から一度味わってみたかったんだよ」

目の前に立つカテリーナは、ゆったりとしたシスター服の上からも十分に分かるほどの、いい体をしている。

以前、冗談を装って誘ってみたことがあったが、危うく刻印を使われそうになった。

だからそれ以降は、彼女の魅力のことには触れてこなかった。

「女は、あのメイドを当てがったのに、まだ諦めていませんでしたのね……」

なるほど、リズを俺の従者にするのに賛成したのは、そんな意図もあったのか。

やはりカテリーナには、なかなかの裏表があるようだ。

だが、もうこの状況では断れまい。

彼女もそれを悟ったのか、苦い顔をしながら返答する。

「……セックスはダメですわ。ただ、それ以外のことなら受けましょう」

その言葉に、俺はようやく今までのお返しができると笑みを浮かべるのだった。

五話　カテリーナの対価

「さて。それじゃあ、さっそくして貰おうかな」

俺は席から立ち上がり、ベッドに腰を降ろすとカテリーナを見る。

「態度まで、召喚されたばかりのときよりも酷くなっていますわね、わたくしとしたことが、資質を見誤《みあやま》りましたわ」

今までの従順な俺が演技だったと悟って、彼女は忌々しそうにこっちを見る。

「何度も刻印を使われて、命がけの戦いをさせられて喜ぶはずがないだろう」

俺の感情は至極当然のはずだ。

幸い、勇者の替えが効かないことは分かっていたので、従順にしていれば必要以上にひどい目には遭わないと分かっていた。

実際に、旅に同行して俺を援護していた教会の騎士たちは手練ればかりで、資金も潤沢だったからな。とくに不自由なく、庇護はされていた。

「何をのんびりしてるんだ、俺をやる気にさせたいんだろう？」

「弱みを握った途端に強気になるなんて、最低ですわね」

「恨むなら、俺を召喚した教皇を恨めよ。厳しい訓練に耐えて、自分から進んで闇の者を討伐しに行くような奴を呼べばよかったんだ」

そう言う俺を、カテリーナは軽蔑するように見ながら近づいてくる。

そして、そのまま俺の前に跪《ひざまず》いた。

「わたくしは、なにをすればいいんですの？」

「……まずは、その服の下に隠れている立派なものを見せてもらおうか」

そう言いながら俺は、彼女の胸を指差した。

「そうきましたか。でもなんとなく想像はできましたわ、わたくしと会う男は、いつもここを見てきますもの」

彼女は厳しい目線を俺に向けたまま、自分の衣服に手をかける。

いま着ているシスター服は露出の多いものではないが、それでもカテリーナの豊満な体を隠すには不十分だった。

これまで頑として肌を晒さなかった彼女の体が、どれほどのものか楽しみだ。

「うっ……そんなにじっくり見ないでほしいですわ」

「そっちこそ、そのまま止まっていても俺は首を縦に振らないぞ」

そう言うと、カテリーナは意を決してシスター服をはだける。

「おぉ、これはなかなか……」

俺の目の前に晒されたのは、予想通り大きく育った乳房だった。

アイダにも匹敵しようという大きさだ。

それに、普段から日に当たっていないからか、肌も真っ白い。

カテリーナの巨乳がまるで、突きたての大きな餅《もち》のよう見える。

「やっぱり、凄いものを隠し持ってたな」

期待通りの結果に俺は満足する。

「それじゃあ、味わわせてもらうとするかな」

俺はシスター服からこぼれ落ちた柔肉に手を伸ばす。

遠慮なく鷲掴みにすると、掌から柔らかい感触が伝わってくる。

見た目だけではなく、触った感触まで餅のようだ。

「うっ、うぅ……」

揉まれているほうのカテリーナは、初めての感覚なのか我慢するように目を瞑っている。普段から優雅な態度で鼻持ちならなかった彼女を、好き放題にできるという実感に興奮してしまう。

「このまま楽しむのもいいが、せっかくだから俺のほうも相手してもらわないとな」

「なっ、なんですの……？」

「まさか胸を揉むだけで、一晩すごすつもりとでも思ったか？　本番はまだ先だ」

困惑するカテリーナの目の前で、俺は自分のものを取り出した。

「ひっ!?　こ、これは……！」

突然肉棒を見せつけられた彼女は、驚きで体を固まらせてしまう。

体を下がらせようとするカテリーナの肩を掴み、そのまま引き寄せる。

「逃げるなよ、これからこれに奉仕するんだからな。フェラチオくらい知ってるだろう？」

「わ、わたくしにこれを舐めろと？」

「最初に提案を飲んだのはお前のほうだろう。そういう覚悟もしていると思ったんだがな」

「し、しかし……」

彼女は目の前の肉棒を見て、驚きと後悔の念に苛《さいな》まれているようだ。

「男の性器というのは、こんなにも大きなものなんですの？　絵画や彫像ではこんなには……」

どうやら、見たことあるものとのギャップに驚いているらしい。

まあ、俺も少し興奮して血が集まってきていたからな。

「ああいうのは多少デフォルメされてるものだ。それに、今ここで何を言っても始まらないだろう」

「そうですわね……っ！」

改めて覚悟を決めたのか、カテリーナは俺の両足に手を置く。

そして、こちらに顔を近づけてきた。

「んっ……はむっ、れろ……」

見るからに嫌そうにしながらも、フェラを始める。

だが、そのテクニックは拙いの一言だった。舌先で肉棒をペロペロと撫でるだけで、こちらを気持ちよくさせようという意志が伝わってこない。

「そんなにノロノロやっていたら日が昇っちまうぞ。それとも、いつまでも舐めていたいのか？」

「そんなわけありませんわ！　や、やり方が分からないだけです」

「なら教えてやろう。舌で舐めるなら、舌先だけじゃなく全体を押しつけるようにするんだ」

普段なら俺の命令はもとより、ちょっとした意見すらほとんど聞かないカテリーナ。

しかし、今だけは言いなりになっている。

それを楽しみながら細かくテクニックを教えてやる。

「れろれろっ……はぁ、はふっ！」

「いいぞ、今度は口全体でぱっくり咥えるんだ。恥ずかしいなんて思っていたら終わらないからな」

カテリーナは恨めしそうにしながらも、俺の言う通り肉棒を咥える。

「よし、そのまま口の中で舌を動かしながら、頭も上下に動かせ」

カテリーナに奉仕させているという優越感を覚えながら、溢れ出る快楽に身を任せる。

嫌々やっているようだが、それでも元が優秀な彼女は、飲み込みも早かった。

興奮して完全に勃起状態になったそれに口の中を満たされ、若干苦しそうにしながらも奉仕を続ける。

「んっ、んぶっ……早くイってしまいなさい！」

「それはカテリーナの頑張り次第だな……」

俺は余裕を見せながらも、自分の限界が近いことを悟っていた。

なので、最後まで楽しんでやろうとカテリーナの顔を見下ろす。

彼女は今も、俺に教え込まれたように舌を肉棒に絡ませ、頭を動かしている。

早くイカせてしまおうと吹っ切れたようで、先ほどまでのような躊躇もない。

先走りと唾液でグチュグチュといやらしい水音が聞こえ、口元から零れた透明な液体が彼女の胸元を汚している。

「いい光景だ。これを見られたなら、今まで戦ってきた甲斐もあると言えるな」

刻印の痛みで何度も俺を苦しめた相手。

カテリーナが言いなりになって、無様にフェラ奉仕をしている姿を見ると胸がすくようだ。

彼女が頭を動かす度に巨乳も揺れ、俺の目を楽しませる。

「くっ……そろそろだ、最後に吸い上げろ」

俺の指示を聞いたカテリーナが、思い切り肉棒に吸いついた。

今までの丁寧なフェラに変わり、暴力的なバキュームの快感が俺を襲う。

ここで終わらせてやるという気持ちなのだろう。早く射精してほしいという気持ちがありありと伝わってきた。

「お望みの子種だ、しっかり受け止めろよ！」

「んっ、んうぅぅ!?」

俺は限界を感じ、カテリーナの肩を掴んで逃がさないようにしながら口内射精した。

「う、ぐっ！　ふぅぅ、ごくっ、ごくっ！」

彼女は初めて受ける射精に目を白黒させていたが、膨大な量の精液に口の中をいっぱいにされる。

そのままでは窒息してしまうが、俺に肩を押さえられているので逃げることもできない。

結果、彼女は俺の子種を必死になって飲み込むしかなかった。

ゴクゴクと喉を鳴らしながら飲む度に、俺の精液が彼女の体の中を犯していくのを感じる。

その光景に興奮してしまった俺は、さらに腰を押しつけながら喉奥で最後まで射精した。

「うぶぅ……はぁっ、はぁっ、はぁっ！」

ようやくすべての精液を飲み込んだのか、大きく息をするカテリーナ。

巨乳の谷間に飲みきれなかった精液が零れており、真っ白な肌を汚していた。

「こ、これで終わりですわよね……」

床に座り込んだ彼女は、そう言いながらこっちを見上げた。

だが、俺はそれに応えるように笑ってやる。

「ああ、さっきも言った通り考えてやるさ。だから、早く上層部を説得して祈ってるんだな」

「あなた、まさか……！」

ここで彼女も俺の狙いに気付いたようだ。怒りに満ちた目で俺のほうを睨んでいる。

「俺に断られて少し冷静さを欠いていたか？　普段じゃ考えられないミスだな」

俺は考えるとは言ったが、承諾するとは言っていないのだ。

「どうする、このまま不確実なまま神に祈っているか、それとも……」

「あなたに抱かれるか……ですの？」

「その通りだ。俺に一晩犯されれば、ダークエルフを殲滅しよう」

彼女は悔しそうな表情で床に握りこぶしを押しつけると、そのまま立ち上がった。

そして、俺の横を通ってベッドに上がる。

「好きにしてくださいませ。もう、ここまできて引けませんわ」

俺はその反応に満足して同じようにベッドに上がる。

「良い選択だ。今日はたっぷり楽しませてもらうぞ」

俺は座っているカテリーナを押し倒し、スカートをめくり上げる。

すると、彼女らしい上品な刺繍がされた下着が現れる。

「見せる相手もいないだろうに、細かいところまでよく気を回すな」

「なんとでも言ってくださいませ。でも、約束は守ってもらいますわよ？」

「心配するな」

俺はそのまま下着をずらし、そこに自分の肉棒を押し当てた。

「うっ、相変わらず大きいですわ。普通は一度絶頂したら、気持ちが冷めるのものでは？」

「俺だって召喚される前はそうだったが、魔力か何かが関係しているのかもな」

適当なことを言いつつ、俺は腰を進めていく。

「あぐっ、いきなり……痛っ、あっ、うぅぅ！」

狭い膣内に肉棒が入り込んでいくと、カテリーナが体を硬直させてシーツをギュッと握る。

だが、俺はそれに構わず腰を押し進めていった。

これまでに俺が与えられた痛みは、こんなもんじゃない。

刻印の力が発動したときは、全身の神経に針を突き刺されるような痛みが襲ってくるんだ。

「待って、お願い少しだけ……！」

そんな彼女の懇願も聞かず、そのまま最奥まで肉棒を突き込む。

途中で少し強い抵抗があったが、恐らくそれは処女膜だったかな？

確信を得られなかったので下を見てみると、ふたりの結合部から赤いものが混じった愛液が零れていた。

「酷い、こんな……わたくし初めてでしたのに……」

硬い膣内に肉棒を入れられた痛みと、純潔を蹂躙された悔しさでカテリーナの目から涙がこぼれる。普通の男ならここで憐みを感じるところだが、俺はそうはならない。

闇の者を倒すときに憐れみを感じないようにと、こいつらにそう訓練されたからだ。

俺の相手は教会が手におえないような怪物ばかりだったが、その中には人型の者も多くいた。

それを倒すのにいちいち悲しんでいたら、精神が弱り切ってしまう。

だから、俺は敵と認識したものを憐みなく倒せるまでになってしまった。

「呆けている場合か？　俺が満足するまで終わらせないぞ」

すすり泣くカテリーナを気にせず、俺は魔法を使って彼女の中の傷ついた部分を回復させる。

このまま泣き続けられたら、さすがに萎えてしまうかもしれないからな。

それに、カテリーナの泣き顔は十分楽しんだ。

今度は快楽に喘ぐ姿を見てみたい。

「安心しろ、ここからは痛みはゼロだ。まあ、慰めになるかは知らんがな」

俺はそう言いながら胸に手を伸ばして、乳首を弄る。

先ほどまでと打って変わって優しく、カテリーナの性感を刺激するように責めた。

同時に残った片手で、敏感な陰核を慎重に責める。

「はぁはぁ、なんですの、体が……熱い！」

数分もすると、カテリーナの体は刺激で火照り始めた。

膣内も興奮しているのか、動かしていないのに濡れてきている。

「そろそろよさそうだな、動かし始めるぞ」

膣内のすべりがよくなったので、俺は本格的に腰を動かし始める。

最初はゆっくり、膣壁に肉棒を慣らすように動く。

次第にキツさが取れてくると、今度はがっしりと彼女の腰を掴みながら激しく責め始めた。

「うっ、ああっ！　さっき、より、動きがぁっ」

突き上げるような衝撃に、カテリーナの言葉も途切れ途切れになる。

「このまま最後までいくぞ、気絶するなよ」

彼女に声をかけ、さらに腰を激しく動かす。

一度膣奥まで肉棒を突き込み、今度は中身をかき出すような勢いで引く。

中の凹凸が動く度に押しつぶされ、肉棒を絡みつくように刺激する。

「いい女なのは見た目だけじゃないみたいだな。こっちのほうも極上だ」

きつい性格はこの際置いておくとして、カテリーナの中はまさに名器だった。

「こんなによいものを持っていながらシスターなんて、もったいないな。娼婦にでも転職したほうがいいんじゃないか？」

「きゃっ、うっ……！　バカにしないでくださいませ、わたくしは神を信じるシスターですわ」

「そうか、そりゃ残念だ。旅の行く先々でも男たちが、興味津々にこの体を見てたのにな」

そう言葉で責めながら、腰の動きと共に揺れる胸を鷲掴みにする。

もっちりとした感触の巨乳は、いくら触っても飽きる気がしない。

俺はそれを形が歪むほど揉みながら、さらに責める。

「はぁはぁ、体の奥から燃えてしまいそうですっ」

心の中では望んでいなくても、きちんと刺激してやれば体は反応してしまうようだ。

カテリーナの膣内がキツく締まって、肉棒から精液を搾り取ろうとする。足も自然と、俺の腰に絡みついていた。

先ほどまで嫌悪感たっぷりだった表情も、快楽に侵食されてきたようだ。

上品で優雅な顔立ちが快楽で歪み、蕩けている。

「今の状態ではとても、敬虔なシスターだと言っても信じてもらえないだろうな」

まあいい、どうせこの表情を見られるのは俺だけだ。

そう思うと、これまでよりもますます興奮してくる。

「あっ、ひうぅ！　体の熱いものが、外に飛び出してしまいそうですわ」

「そろそろイキそうか。なら、しっかり合わせてやるよ」

絶頂が近い彼女に体を寄せ、抱き合うようにして腰を動かす。

「やっ、いやあぁあぁ！　どんどん気持ち良くなって止められませんわ！」

カテリーナが全身を激しく強張らせ、いよいよ絶頂するようだ。

さんざん嫌がっていたというのに、なりふり構わず俺にしがみついている。

俺はそれに優越感を覚えながら、止《とど》めを刺すように腰を動かした。

「はぁっ、はぁっ！　あっ、イ……クッ！　イックゥゥウウウ!!」

初めての絶頂を迎えるカテリーナ。

俺も、全身を快楽の波に打ち震わせている彼女の中で射精した。

「イッ、あぁ……！　熱いのが出てる!?　ダメ、そんなに中をいっぱいにしてはっ！」

中出しされたことを悟って彼女は慌てるが、体に力が入らない。

カテリーナは絶頂の激しい波を受けながら、子宮を満たされる感覚を味わうしかなかった。

そのまま最後まで子種を注ぎ込むと、ようやく彼女の体を解放して上半身を起こす。

「うっ……はぁはぁ」

カテリーナは起き上がろうとするが、まだ力が入らないのか無理なようだ。

代わりにこっちへ、責めるような視線を向けてくる。

「こんなに中で出すなんて……お腹が重いですわ」

彼女の秘部からは、子宮にも膣内にも収まらなかった白濁液が零れ落ちていた。

零れた分だけでもそれなりなので、中にどれだけ入っているかは俺にも想像できない。

ただ、普通なら妊娠してしまうのは間違いない量だろう。

幸いこの世界には避妊の魔法があるので、それで何とかできるだろうな。

この教会には強力な魔法使いが何人もいるが、カテリーナもそのひとりだ。

「ですが、今かき出したところで……」

彼女は諦めるように沈んだ声で言った後、俺の顔から視線を下げる。

行きついた先は、未だに力を保ったままの肉棒だ。

「今夜一晩……でしたわね」

「そうだ、今度は忘れていなかったな」

俺が笑うと、カテリーナが大きく息を吐き出す。

「ふぅ……わたくしはもう体が動かせませんわ。後は勝手に使ってくださいな」

「そうか、なら好きなだけやらせてもらうとしようか」

俺はそれから、再び彼女の体に覆いかぶさる。

そしてきっちり約束通り、一晩中カテリーナを犯し続けるのだった。

六話　呪縛からの解放

翌日、俺はベッドにカテリーナを残して部屋を出る。彼女も何とか最後まで意識を保っていたが、朝日が昇るのを見ると限界が来たように気を失ってしまった。まあしばらくは動けないままだろう。

部屋の外ではリズが、真新しいメイド服を着て待っていた。

「ご主人様、お待ちしておりました」

「その服はどうしたんだ？」

「少し落ち着けたので、汚れていたものをしっかり洗わせていただきました。旅先はともかく、人目のあるところで汚れた服のままだと、ご主人様のメイドとして侮られてしまいますので」

「なるほど、よく気が付くな。だが一晩じゃまだ乾かないだろう」

俺が近づいてメイド服に触れると、乾きにくい布の重なっている部分が少し湿っていた。

そこで魔法を使い、全体を一気に乾かしてしまう。

「ありがとうございます、ご主人様！」

リズはそう言って優しく微笑む。こいつも俺が拾ったときはボロ雑巾のようだったが、こうやって小奇麗にしてみると、驚くほど可愛くなったよな。

そんなことを思っていると、通路の向こうから聖職者がひとり やってきた。

昨日、俺を部屋まで案内した男だな。

「勇者様、すでに起きていらっしゃいましたか」

「ええ、性分なので。これから魔法の訓練でもしようと思ってたのですが、何か？」

「さすが勇者様ですね、魔王を滅ぼした後も鍛錬に励むとは。今は今日の予定を伝えに参りました」

どうやら昼過ぎに、ようやく教皇と会えるようだ。

「なるほど、では準備しておきましょう」

「お願いします。それとなのですが……カテリーナさんを見かけませんでしたか？　同じように予定を伝えようとしたのですが、部屋におりせんので」

困ったような表情の聖職者に、俺は一瞬、目線を部屋の扉に向ける。

「さあ、俺も知りませんね。彼女のことですから礼拝堂で祈っているのでは？」

「そうですね、そちらも探してみます。それでは」

彼はそう頷くと、俺たちの前から立ち去った。

「……ご主人様、カテリーナ様はお部屋の中に？」

後ろに控えていたリズは、どうしてかそれを悟ったようだ。

「ああ、いろいろあって昨日抱いた。一応軽く跡は消したが、処理を頼む」

「お任せください」

リズはそれ以上なにも聞かず、深くお辞儀をして俺を見送った。それから適当に時間を潰し、昼食をすませて午後になる。俺はいつもの勇者装備を着けて、教皇の元に向かった。

謁見には普通ならきちんとした正装が必要だが、この装備が勇者の正装だからな。そういう意味では楽で助かる。指定された部屋の扉を開けると、中では教皇がソファーに座って待っていた。

一見すると白髪でシワシワの老人だが、その目は鋭い。

聖職者のくせに、人を奴隷のように扱う畜生だからな。

「よく戻ったな、勇者よ」

俺はその言葉を聞き流し、教皇の対面に座る。

「ふむ、ずいぶん態度が悪いのではないかな？」

「なんでこの期に及んで、お前に礼儀正しく接しないといけないんだ。もう魔王は滅ぼしたぞ」

教皇からの命令は闇の者、そして魔王を倒すということだ。俺はそれを達成して戻って来た。

「約束は果たした。とっととこいつを消してもらおうか？　できるんだろう？」

俺はそう言いながら自分の胸元を指さす。そこには忌々しい刻印が刻まれている。

「魔王こそ滅んだが、まだ闇の者は相当数残っておるぞ。お前にはそれを倒してもらわねば」

その言葉に俺はイラっとする。この爺、まだ俺をこき使うつもりなのか？

だとしたら、こいつの認識を改める必要があるな。

「勘違いするなよ、もうあのときのように、一方的な立場じゃないんだ」

俺はそう言って懐から紙束を取り出す。

そして、それをふたりの間のテーブルへと投げた。

「これは……ほうほう、前線の町や砦のリーダーたちか」

俺が投げつけたのは、旅の中で恩を売った相手から集めた署名だ。

紙束に名前と役職が書いてあるだけだが、教皇はこれでどれだけの人間が俺個人に恩義を感じているか知っただろう。

「ここ一年と少しで、俺が拡大した地域はほぼ全て支持者となってくれた。これだけの支持があっても、俺の言葉を無視できるか？」

少なくとも旅の途中は、求められるがままに勇者として活動していた。

闇の者と戦うのはもちろん、虐げられている者を救い、悪徳役人の悪事を暴いたこともある。

俺の本音を知らない連中は、まさに理想の勇者の活躍だと思ったことだろう。

そうやって俺に恩義を感じる人や地域は、合われば小さな国一つ分にもなった。

「このまま刻印を使って俺を使役することもできるだろうが、そうなればこの地域からの信仰は失うぞ」

これまで、前線となった地域が闇の者相手に防波堤の役割を果たしてきたからこそ、後方地域は侵攻を受ける心配がなかった。

しかしここで俺を冷遇すれば、実戦経験豊富な部隊の多くから信頼を失うこともあるだろう。

俺が誘えば部隊ごと闇の者に寝返るだろう組織にも、いくつか心当たりがある。

そうなれば再び、闇の者の攻撃に怯える生活が始まるのだ。

つまり、俺は教皇や後方地域の安全を人質に取ったのだった。前線の人間たちからすれば、後方でぬくぬくとしている奴らのことを、好ましく思えるはずがないからな。

「下手な知恵を使いおって……」

書類から視線を戻した教皇が、憎らし気に俺を見た。

「それで、どうするんだ。前線を丸裸にするか、俺に自由を与えるかだ」

俺はそう言って教皇に選択を迫った。

とはいえ、ほとんど答えは決まっているようなものだがな。前線が信用できなければ、後方から自分の部隊を送るしかないが、実戦経験のない兵ばかりに何ができようか。

生き残りの闇の者たちは、俺たちとの戦いで経験を積んでいるからだ。

数で勝てたとしても少なくない被害を受けるだろうし、そうなれば教皇の評判は落ちる。

なぜ勇者は来ないのか？　そんな状況になれば、功績ある勇者を冷遇した結果なのだと、誰もが気付くだろうからな。教会も一枚岩ではないだろう。余計な隙は作りたくないはずだ。

しばらくして、ようやく教皇が首を縦に振った。

「よかろう、刻印を出せ」

俺はその苦々しい表情に満足し、上着を脱いで刻印を晒す。

教皇は立ち上がると、俺のほうに近寄って刻印に手をかざした。

「少し痛むぞ」

教皇はそう言い、かざした手のひらから刻印に魔力を流し込んだ。

魔力が複雑な渦を巻くように動き、そのままの形で刻印に飲み込まれていく。

教皇の魔力が流れ込んでくるにつれ、刻印が熱を持って痛み始めた。

「ぐっ……！」

刻印の効果が発動したときのような痛みに、思わずうめき声が出てしまう。

だが、その痛みも十秒もしない内に消え去った。

「ふむ、これで完了じゃ」

教皇がかざした手を下ろし、額に浮いた汗を拭う。

教皇になるだけあってかなり魔法を使えるはずだが、解除はなかなかの難度のようだな。

そう思いながら胸元を見下ろすと、そこにはまだ刻印の跡が薄く残っていた。

しかし形こそそのままだが、もうそこに魔力の力強さは感じない。

跡が残ったのは忌々しいが、効果が消えたなら良しとしよう。

命令を強制する効果と共に魔力を強化する機能も消えてしまったようだが、俺は元々、魔力消費の激しい大規模魔法は使わないので問題ない。身体能力の強化や武器強化に使う分の魔力が残っていれば、戦闘スタイルには影響しないからだ。

「さて、そうなるとその署名はもういらないな」

刻印から解き放たれたことに満足した俺は、腕を一振りして署名の紙束を燃やす。

下手に残していると、なにに利用されるか分からないからな。

「……よろしい。だが、未だにお前の身は、イルミナス教の勇者なのだ。教会から、闇の者討伐の依頼があれば簡単には断れぬぞ」

「受けられる範囲でなら、受けてやるさ」

先ほども言った通り、俺の名声は勇者として活動した結果だ。

目的達成のためにも、これからも安定して市民から支持されるには勇者でいる必要がある。

刻印がない以上は逃げることもできるが、アイダとの約束があるからな。

それに、俺に刻印を刻んだフード女の情報は、教会側にいたほうが手に入る気がする。

「今日はもうよい。後日、新しい話を持っていくだろう。それまでは休んでおれ」

「言われなくても、そうさせてもらうさ」

そう答えて、俺は教皇の部屋を後にするのだった。

七話　アイダの解呪

教皇との会談は終始険悪なまま終わったが、結果は上々だった。

俺は自由の身になったことを感じながら、この世界に来てから一番の上機嫌で自分の部屋に戻る。

さすがにカテリーナはもういないようだが、その代わりにアイダが待っていた。

「お帰りなさいクニヒコ。教皇との話し合いはどうだったの？」

「お互いに有益な話し合いができた。俺の刻印は消えたよ」

俺はそう言って、刻印の跡を見せる。

それを見たアイダは、俺の肩を掴むとそのままベッドの縁に座らせた。

「それで、刻印を消す方法はどうだった？」

彼女がそう言って、問い詰めてくる。

いつも冷静なアイダだが、やはり長年苦しめられた刻印が消せるとなると食いつきが違うな。

今も、掴まれている肩がかなり痛い。

「とりあえず手を離せ。今のままじゃ痛くて、まともに話もできない」

それでようやく力んでいたことに気が付いたようで、さっと手を離すアイダ。

「……悪かったわ。それで、方法は？」

そう問われて、俺は教皇がしていたことを思い出す。

「魔力を複雑な形にしたまま刻印に押し込んでいた。多分、鍵と鍵穴みたいなものだろう」

特定の形のまま魔力を押し込まないと、解呪できないようだ。

魔法を使うだけならまだしも、魔力そのものを成形して維持するのは難しい。

例えば魔力は水で、魔法自体はビンのようなものだ。

ビンの中に魔力を流し込めば、それに従って魔力が形を変えて効果を発揮する。

だが、水だけを弄って固めるのはとても難しい。

「クニヒコなら、同じことができるの？　教皇にできて俺にできないはずがない」

「やってはみるさ。能力的に、教皇にできて俺にできないはずがない」

ともあれ、まずはアイダの刻印がどんな鍵穴なのかも確かめないとな。

それによって、俺が作るべき魔力の形もいろいろと変わってくる。

「とりあえず、調べさせてもらうぞ」

そう言って俺はアイダをベッドに仰向けにして、ゆっくりとその腹部に触れる。

相変わらずよく引き締まった腹回りだが、今は楽しんでいる場合ではない。

ドレス越しにも、彼女の刻印に込められた魔力が伝わってきた。

「……俺のものよりずっと強そうだな」

「千年以上も効果が続いているもの。それなりの強さだと思うわ」

「それもそうだな。しかし、厄介なものを残してくれたもんだ」

この刻印を施しただろう相手に悪態をつく。

だが、やはり俺のときと同一人物なのだろうか？　施されていた術式はよく似ていた。

これなら教皇と同じ手順で、解除できそうだ。

「こんなやり口が、千年間ほとんど進歩がないとは、傲慢なことだな」

「でも、今はその性格に感謝したいわ。戦うときも油断してくれそうよ」

「だといいがな……よし、もう少しだ」

刻印に手をかざしたまま少しずつ魔力を流し込み、鍵穴の形状を探ってみる。

だが、やはりというか、その形は俺のものと大分異なっていた。

刻印自体は同じサイズだが、こちらのほうがより複雑だ。

俺のものはきっと、教皇が管理できるよう少し簡易に作られていたのかもしれないな。

「まあやり方は同じだ、解除できないということはない」

俺は刻印に手をかざしたまま、もう片手でゆっくりと魔力を形作っていく。

手元で少しずつ、教皇が作ったものよりも複雑な形の魔力の鍵が形成される。

細かい線や丸み、曲げたところの角度までが一ミリの狂いもなく鍵穴通りだ。

「動くなよ、形がブレる……」

アイダにそう言いながら、俺は全神経を集中させていた。

それから無言のまま五分が経ち、十分が過ぎる。

十五分に差し掛かろうとしたとき、ようやく鍵が完成した。

「ふぅ、あと一息だ。入れるぞ。多少痛むとは思うが……」

「一思いにやって、もう刻印を見るのもうんざりよ」

俺はその言葉に笑い、彼女の刻印に魔力の鍵を差し込んだ。

「んっ！　うっ、くぅ……！」

鍵が入っていくごとに、アイダの呻くような声が聞こえる。

やはり彼女も、俺と同じように強い痛みを感じているらしい。

「もう少しだ、あと少し……」

刻印が点滅し、断末魔の叫びを上げているようだ。

俺がそのまま最後まで魔力の鍵を押し込むと、刻印が一度激しく輝く。

「ぎう……っ！」

アイダをいっそう激しい痛みが襲っているようだが、刻印の最後の苦し紛れだろう。

その証拠に、それを境にして刻印の魔力がどんどん消えていくのが分かった。

数十秒で完全に、魔力が消えてなくなった。

「アイダ、大丈夫か？　見てみろ、もう消えたぞ」

俺がそう言うと、今まで大きく息をしていた彼女がドレスをまくって自分の体を見る。

そして刻印が薄い痕跡だけになっているのを見ると、初めて頬をほころばせた。

「ありがとうクニヒコ、これでこの体は私のものね」

先ほどまで痛みを忘れたかのように、アイダは上機嫌だ。

いつものクールな表情も、このときばかりは柔らかいものになっていた。

「憑き物が取れたみたいよ、体まで軽く感じるわ」

「自分の体を、自分の好きにできるっていうのはよいものだな。本当にそう思うよ」

俺たちふたりは頷き合い、ようやく自分の肉体を取り戻したことに喜んだ。

同じ苦労を感じていただけに、相手の喜び具合もよく分かった。

「無事に刻印の効果は消えたようだが、メリットだった魔力強化も俺からは消えたと思う。そっちはどうだ？」

俺の戦闘スタイルでは問題なかったが、アイダは魔法をメインで使う分、魔力量の減少は心配だ。

「私の刻印はクニヒコのものとは違うようね。まだ魔力は十分あるみたいだし、刻印に強化されていた量はそれほどでもなかったみたい」

「さすがだな。ずいぶん手強かったし」

魔王城で戦ったアイダは本当に強かった。気を抜けば一方的に負けてしまいそうだったほどに。

「だって、魔王よ？　クニヒコが来る前にも何度も刺客が送られてきたもの。戦いにも慣れるわ」

そう言って苦笑するアイダ。

まあ人類側も、俺を召喚するまでの何百年もの間、魔王を放っておいたわけではないだろう。

俺がそう納得したところで、彼女が質問してくる。

「これで一段と自由になれた訳だけど、これからはどうするの？」

少し時間をあけて落ち着いた後、俺はアイダと今後のことについて話し合う。

「もうすぐカテリーナから話が回り、教会からダークエルフの討伐指令が出るはずだ」

「せっかく自由の身になったのに、教会の命令に従うの？」

「我慢するさ、教会にいたほうが、フードの女の情報が集まるかもしれない」

少なくとも、奴と一緒にいた教皇の動きは探れる。

今現在、あいつと繋がっていると確信できるのは教皇だけだ。

カテリーナも刻印を使える以上、何かしらは知っているだろうが、やはり確実なのは教皇だな。

「あの爺の動きを探っていれば、いつか繋がることがあるかもしれない。幸いこの教会内にも恩を売った相手はいるから、そこから情報を回させる」

前線で戦っていたが、名誉の負傷で戻った兵士や聖職者たちだ。

その中に、戦場で知り会った者がいる。

「それは信用できるの？」

「恩義っていうのは、人によっては弱みや誓いなんかより、よほど強力な縛りになるんだよ」

信心を重ねて実直に生きていても、報われるとは限らないしな。

正直者がすくわれるのは足元だけ、とは誰が言ったものだったか。

俺はそんな苦労人たちとも、パイプを持っている。

「とりあえず俺も、いろいろ手を使って情報を集める。だから、なにか掴めるまでは注目を集めるようなことをするなよ」

「ええ、分かっているわ。私もここまできて台無しにしたくないもの」

アイダが頷き、俺もそれに満足する。

彼女は改めてベッドにゆったりと座ると、俺に話しかけてきた。

「それにしても、よくあんな複雑な術を、一度見ただけで再現できたわね」

「大規模な魔法は得意じゃないが、細かい魔力の扱いは得意だからな。刻印がなくなっても、そのあたりの魔法使いよりは魔力量には余裕があるから、大抵のことは真似できる」

「あの解呪は『大抵』の範疇から外れていると思うけどね。でも助かったわ、私は細かな魔力操作を使えないから」

そう言いながら、アイダは自分の指先から少量の魔力を放出する。

すると、指先にろうそくの火が灯ったように青白い魔力が見えた。

戦っているときから思っていたが、やはり彼女の魔力の濃度は人並み外れている。

これなら小細工をするより、単純に攻撃魔法を使ったほうが効率的だろう。

先ほど魔法の術式をピンで例えたが、俺とアイダが同じ魔法を使っても、魔力濃度の高い彼女の攻撃のほうが強くなる。

魔法の術式に込められる魔力の量は、決まっているからだ。

熟練の魔法使いが見れば、一目でその濃度が異常だと分かってしまうだろう。

「いざというときはその魔法で援護してくれると助かるが、同士討ちには気を付けてくれよ」

「今まで味方と連携して戦ったことがないから分からないけど、努力はするわ」

そう言われると多少不安だが、これはもう任せるしかないだろう。

とはいえ、刻印の心配がなくなっただけでも、十分今まで以上に集中して戦えるはずだ。

それをまずは、闇の者との戦いで試すとしよう。

八話　作戦会議

アイダの刻印を解呪した翌日、俺は改めて教皇に呼び出された。

だが、今回は非公開の話し合いではなく、公式の場だ。

アイダとリズを連れ、カテリーナに先導されながら会議室に向かう。

どうやらダークエルフ討伐にはそれなりの部隊が派遣されるらしく、朝から教会本部の中は慌ただしかった。

ちなみにカテリーナに会うのはあの夜以来だが、俺と話していても目を合わそうとしない。

まだ怒りが治まっていないのかと思っていたが、少し違うようだ。

反応を見る限り、俺にさんざんイカされてしまったのが恥ずかしいらしい。

まあ、しばらく腰が立たなくなるほど激しくしたからな。

「……そろそろ着きますわ、用意はいいですわね」

やはりいつもより素っ気ない態度だ。まあ元々それほど親密という訳でもなかったからいいがな。

「大丈夫だ。それに方針はもう、教会側で決めてあるんだろう？」

こういった作戦の前にはほとんどの部分が決められていて、会議ではそれを承認するだけだ。

「ええ、そうですわ。なのでクニヒコ様たちはあまり口を挟まないでいただけると嬉しいのですが」

「わかった、そうしよう」

俺がそう答えると、カテリーナが疑惑の視線をこちらに向ける。

「……やけに素直ですわね」

「いつも通り闇の者を倒しに行くだけだろう。それとも、何か別のことでもするのか？」

「そうではありませんが、教皇猊下からあなたの刻印が消えたことは聞かされています」

彼女はそう言いながら、俺の胸のあたりに視線を送る。

「あの夜のあなたは、いつもとは比べものにならない獰猛さでしたわ。それとも、ああなるのは女の前だけですか？」

「そうかもな。だが、面倒な敬語を使わなくてもよくなっただけでも十分だ」

以前は反抗的と見られると刻印を使われる危険があったので従順にしていた。

だが、今はその心配がないので、地のままで話せる。

俺にとってはこれだけでも心が休まった。

「闇の者を倒せば給料も出る。今までタダ働きさせられていた身からすると、破格の報酬だよ」

教会は各地への遠征に力を入れていて、教徒ならば誰でも兵士として参加し、闇の者と戦える。

参加するだけでも給料がもらえるし、倒した証拠を持ってくればボーナスも出る。

命の危険がある分簡単な仕事より割高で、それ目当てにイルミナス教へ入信する者もいるほどだ。

「金はあるに越したことはないからな」

今の俺にとって、遠征に参加する理由はそれが全てだった。

闇の者がどうとかダークエルフがどうとかは、個人的にどうでもよかったのだ。

あわよくば遠征の中で教会内にも協力者を増やし、フードの女の情報を集めたいというところか。

内通者に頼んでいる情報収集も、帰ってくるころには終わっているだろう。

そうこうしている内に会議室に着き、俺とカテリーナは用意された席に座る。リズとアイダは後ろで見学だ。

他にも兵士の部隊長や騎士、従軍司祭なども集まっていた。最奥には教皇が座っている。

日本にいたころにテレビで見た、刑事ドラマの捜査会議みたいだな。

「皆さん集まったようですね、それでは会議を始めます」

教皇の隣にいた枢機卿が立ち上がって、会議の開始を宣言する。

あれは確か、何人かいる枢機卿の中でも教皇寄りの男だったな。

「知っての通り、闇の勢力を纏めていた魔王は我らの勇者によって討ち取られました」

その言葉に、何人かの視線がこっちに向けられる。

「しかし、それでも未だ大地のマナの減少は止まっていません」

続いた言葉に、参加者たちは怒りの表情になる。

「マナは我々が生きるのに不可欠な第二の空気とも呼べるもの、マナが薄まれば体が弱り、魔法も使えません」

最近とくに治癒魔法の需要が多くなっているのは、戦闘だけでなく、マナの減少が原因だった。

どうやらこの世界の人間は、マナがないと体が弱りやすくなってしまうようだ。俺は異世界人だからか体調の変化はなかったが、実際にマナの薄い場所に行くと魔法の威力が弱まった経験がある。

「やはり原因は闇の勢力あるとみて間違いありません。やはり敵は絶滅させるしかないのです」

その枢機卿の言葉に、賛同の声があちこちから上がる。

その中には、普通ならそれほどでもないはずの病気で、知人や家族を亡くした者もいるのだろう。

しかし作戦会議というより、だんだん枢機卿の演説会じみてきたな。

「皆さん静粛に……それでは重要な、今回の遠征の説明に入らせていただきます」

俺がようやくかと思っていると、奥の壁に大きな地図が張り付けられる。

大陸の中央には教会の勢力が陣取っている。教会の直轄地や、国教をイルミナス教にしている国などを合わせれば、かなりの広さを誇る勢力圏だ。

一方の闇の勢力はというと、分断されて大陸の東西の端に籠城しているようなイメージだ。

特に西の勢力は完全に包囲されていて、殲滅されるのも近いと見える。

以前までは、北方に魔王が率いるもう一つの勢力がいた。だから光の者は、東西北の三方面作戦を強いられていたが、俺が魔王を倒したことで北側の敵が壊滅し、だいぶ余裕ができた形だ。

「さて、今回の遠征の目標は大陸東の勢力です。ここには敵残党の内、最も勢力を保っているダークエルフがいます」

枢機卿が指したのは、山と森が入り乱れている場所だった。

「これまで険しい地形故に手出しができませんでしたが、魔王が滅んだことで余剰戦力ができました。それを使い、一気に敵を滅ぼします」

集まっている者たちからは、勢いのよい言葉の数々が聞こえる。

それに満足したのか、枢機卿は頷くと具体的な作戦の説明をする。

「まず遠征軍は二つに分けます、本隊と別動隊です」

教会本部のある場所に、大小二つの駒が置かれた。

「本隊は私が指揮を執り、街道沿いに東へ正面から接近します。別動隊は海路で一気に大陸東へ」

大きな駒が、道なりに闇の勢力へ接近する。

そして、小さな駒は近くの港からぐるりと回って海から上陸した。

「正面から大軍で圧力をかけ、敵の注意を引きます。その間に上陸した別動隊が敵の指揮系統を混乱させ、その動揺に乗じて本隊が敵を突破します」

確かに大軍を利用した良い手だ。だが、同時に嫌な予感がした俺は手を上げる。

「はい、そちらは……おぉ、勇者様でしたか」

いったい誰が口を挟むのだと、一瞬苦い顔をした枢機卿だが、相手が俺だと知ると笑顔になった。

「勇者様、何かご質問が？」

「ああ、その別動隊にはどれくらいの戦力を割くんだ？」

別動隊は今回の作戦の肝だ。

もし後方への奇襲に失敗すれば、逆に別動隊は敵の本隊に包囲されてしまう。

図体のデカい本隊は援護に動けず、ダークエルフとの睨み合いが避けられない。

そうなれば悪夢の消耗戦だ。人間の軍は広い場所での野戦を得意とするが、闇の者は個人の能力に頼る者が多く、ゲリラ戦が得意。

起伏に富んだ山岳地帯や深い森に覆われた地形などは、連中からすれば天国だろう。

人間たちは大軍のまま移動できず、各個撃破されてしまう。

「別動隊の戦力は五百、軍艦十隻に別れて乗ります。その戦力の要は……あなたです勇者様」

「……ああ、そうだろうな」

俺は自分の予感が的中したことを知った。

少ない戦力で戦果をもたらすには、個の力に優れた者を使うしかない。

そして、教会の最大戦力はこの俺だ。枢機卿は機嫌が良さそうなまま俺を見て続ける。

「ご心配なく、その五百も精鋭を選抜しましたので」

「そういう問題じゃないんだがな」

こういうことは、先に一言断りがあってしかるべきだ。

とはいえ、もう準備の段階から作戦は開始しているので、今さら止められないだろう。

今ここで俺が反発したら、教皇は嬉々として俺を臆病者だと宣伝するな。

そのときは、前線からの人気がある俺の評判を落とそうという訳か。

爺め、どちらに転んでも自分の都合のいいようにしていやがる。

こうなったら俺は別動隊の作戦を成功させ、さらに前線からの人気を高めるしかない。

「それで、俺の目標は？」

「ご理解いただけたようでなによりです。勇者様にあたっていただきたいのは、ダークエルフの女王です」

「随分と大物だな、敵の大将なんじゃないのか？」

「勇者様以外に、女王を討ち取れる者はいません」

自信満々に言う枢機卿に、俺はため息をつく。

「分かった。しかし、女王か……妙に敵の女に縁があるな」

そしてなにより、カテリーナの仇敵だな。俺はそんなことを思いながら席に戻るのだった。

九話　リズへの告白

作戦会議が終わった後、俺は自室に戻っていた。

本隊が出発するのは明日の午後だが、別動隊は足が速いので五日後に出発だった。

「さて、五日か……」

部屋の椅子に座りながら、俺は考えごとをしていた。

作戦会議では教皇が上手く主導権を握ったが、あれは仕方ない。

向こうには、相手を罠にはめるのが得意な知恵者が何人もついているだろう。

それに対して俺のほうは、信頼できる相手がふたりだけ、アイダとリズだ。

彼女たちのどちらも、そういうことを考えるのには向いていない。

リズは元奴隷で碌な教育など受けていないし、日本出身のアイダもそんな教育は受けなかっただろう。なにより彼女は、元の記憶がない。俺ひとりで対抗するには限界があった。

「フードの女の情報を手にしたら、教会からはとっとと逃げたほうがいいな。まだ教会の手が及んでいない、南方に行くか」

大陸の南は数多の都市国家が乱立して、戦国時代の様相になっている。

さすがの教皇も、火の中に手を突っ込む気はないようで静観したままだ。

イルミナス教が広まる隙もないので、そこへ行けば教会の手は及ばない。

そう考えていると、扉がノックもされずに開かれた。

「邦彦、入るわよ」

言うと同時に行動しているのはアイダだ。それに、リズも後ろについて来ている。

「どうしたんだ、一応まだ自由時間だが」

俺が不審がって目線を向けると、アイダはバツが悪そうにしながら言った。

「私、見られちゃったのよ、お腹の刻印の跡を」

彼女のその言葉に、俺が殺気を漲らせて立ち上がる。

「いったいどこの誰にだ？　いや、まさか……」

そう思いつつリズのほうを見てみると、彼女は申し訳なさそうに頷いた。

「リズに掃除を手伝って貰っているときに、うっかり服がめくれて」

「なんだ、そういうことか。それなら仕方ない」

ホッと一息つきながら、俺はそう言った。

「へえ、ずいぶんリズを信頼してるのね」

「そうでなければ、生活の世話なんかさせていない。リズが俺を信頼し過ぎるのが玉に瑕だがな」

リズを拾ってからというもの、こいつはどんなときも俺の後をついて来ようとした。

足手まといだと言えば、迷惑ならここで殺してほしいなどと言う始末だ。

仕方なくメイドとしていくつかの仕事を与え、留守番をさせることになった。

それからは大人しくなったが、俺への妄信じみた信頼は続いたままのようだ。

その柔らかな表情と態度は俺のいないところでも変わらないが、相手への対応に色々と落差はあるらしい。これはアイダから聞いて、初めて知ったことだった。

「リズから情報が洩れるようなことはないだろう。それに、この際だからきちんと説明しておくか」

俺はそう言ってふたりを席に座らせる。

そして、俺の右手に座るリズへまず話しかけた。

「アイダの刻印を見ただろう？　こいつは俺と同じ境遇なんだ」

「異世界から召喚された者、ということですね」

リズの答えに俺は頷いた。

ちなみに、リズにはすでに俺の身の上は伝えてある。

最初は召喚の意味すら分かっていなかったようだが、今はいろいろと教え込んでいた。

「俺たちはお互いに同じ相手に刻印を刻まれてな、そいつを追って復讐するために協力している」

リズは俺の話を聞き逃さないように、しっかり耳を傾けている。

それを確認した俺はいよいよ打ち明けた。

「アイダはな、俺が殺したはずの魔王なんだ。戦いの最中で腹の刻印を見つけて、それで一時休戦して芝居を打った」

「そうでしたか」

リズの素直な反応に、今度はアイダが驚く。

「そうでしたかって、それだけ？　これでも世界を騒がせた魔王なんだけれど」

「わたしにとってはご主人様の言葉が全てです。世界の常識も価値観も、わたしには必要のないものですので」

そう揺るぎなく言うリズの姿に、アイダも息を飲む。

「まあ、そういうことだ。とりあえずアイダは元魔王で、今はただの記憶喪失の女だ。それだけはしっかり口裏を合わせてくれ」

それにしっかりと頷くリズを見て、俺は立ち上がる。

「さて、適当に飲み物を用意するが何にする？」

「なら私は温かいお茶で」

「わたしはホットミルクをお願いいたします」

ふたりから注文を聞き、俺は備え付けの給湯室に向かうのだった。

◆　◆

邦彦が給湯室に向かった後、テーブルには向かい合ったリズとアイダが残された。

少しの間沈黙していたふたりだが、アイダのほうから沈黙を破る。

「意外ね。こういうときって、自分で給仕をしたがるのかと思ったわ」

その言葉にリズも応える。

「ご主人様がそうしたいと望んでいるのなら、邪魔をするわけにはいきません。できることといえば、迷いなく注文することだけです」

そう言うが、その声音は少し残念そうだ。

本心では自分が給仕をしたかったのだろうとアイダは悟った。

「そう言えば、ふたりのなれそめは聞いていなかったわね。確か、邦彦がリズを拾ったのよね」

「はい、以前の持ち主に捨てられて死にかけていたわたしを、ご主人様が拾って下さったんです」

「へえ、あの邦彦が。あまり余計なことに関わろうとしない性格だと思ったけど」

「そうですね、ご主人様は旅の中でもただ、勇者としての役割だけを行っていました。だからこそ、気まぐれでも拾っていただいたことに感謝しているんです」

邦彦にとって、道端に倒れていたリズは面倒ごとの塊のはずだった。

もし手を出してしまえば、自分を監視しているカテリーナの注意を引いてしまう。

さんざん刻印の力で痛い目に遭ってきた彼は、カテリーナに視線を向けられるだけでも寒気がするほどだっただろう。

しかし、幸か不幸か偶然にも彼とリズの目が合ってしまった。今にも死にそうな、横を歩いているカテリーナさえ気づかないほど泥だらけだったリズを、彼は抱き上げた。

急に何かを拾った邦彦にカテリーナは驚いたが、それが人間だと気づくとすぐに治癒魔法を使って傷ついた体を回復させた。この辺りは、博愛を説くイルミナス教の教え故だろう。

そしてリズが少女だと気づくと、邦彦の従者にちょうどいいとあてがったのだ。

何故かというと、ちょうどその時期に邦彦の活躍に目をつけた勢力があり、いろいろな手を使って取り入ろうとしていたからだ。

特に身の回りの世話をする従者として、自分の手の者を送り込もうとする輩が多かった。

誰にも気づかれず、今にも死にそうだった少女が、そんな誰かの手の者だとは考えられない。

こうしてどこの誰とも知れないリズが、正式に邦彦のメイドになることになったのだ。

「あのとき拾われていなければ、私は確実にあそこで終わりでした。だから、拾ってもらった命はご主人様のために使おうと思ったんです」

そう語り終わったリズは頬を少し赤く染めていた。それを見たアイダが目を細めて問いかける。

「邦彦のこと、好きなのね」

「そういった気持ちはありません。でも、わたしの全てはご主人様のためにあるのです」

「ふふ、徹底してるわ。邦彦も気づいてるでしょうに」

彼は恋愛がどうこうというタイプではないが、同時に鈍くもないとアイダは考えていた。

「……でも、まだ直接は言っていないんでしょう？　先に私が貰おうかしら」

「どうぞ、ご自由に。わたしは、ご主人様が心を許して下さるだけで至上の喜びです」

アイダの軽い牽制に帰ってきたのは、重い一撃だった。

異世界で戦いを強制され、疑心暗鬼になっているときに彼が唯一心を許せるようになったのがリズだ。

もうあの世に片足を突っ込んでいた彼女だからこそ、邦彦も気を許すことができた。

もちろんそれは、リズが一心に彼へ奉仕していた結果だったが、彼女にとってはそれが何よりの喜びとなったのだろう。

「ふふ、やっぱり一年のアドバンテージは大きいわね」

「別にわたしは競おうなどと思っていません。ただご主人様に奉仕できればそれで満足です」

徐々にライバル心を燃やしていくアイダと、あくまでも一歩引いた位置にいるというリズ。

ふたりの平行線の会話は、邦彦が飲み物を持って来るまで続くのだった。

十話　メイドの奉仕

リズにアイダの正体を打ち明けたが、予想通りの反応だった。

いちいち騒がないでくれるのは、俺にとってありがたい。

「アイダの件はよいとしてだ、これからの遠征はどうするか」

一応ダークエルフを倒せという命令だったが、俺はダークエルフについてほぼ何も知らない。

このまま敵と戦うのは危険だし、明日は何か情報がないか調べてみるか。

教会本部の資料室なら、ダークエルフに関する情報もあるだろう。

「なんにせよ、明日からだな。それにしても、こんなにゆっくり風呂に入ったのは、いつ以来だろうな」

俺は今、部屋に備え付けられていた風呂に入っている。

高級ホテル並みの部屋なので、風呂もそこそこ大きい。

「旅の途中は大抵、蒸らしたタオルで拭くくらいだったからな。湯船に浸《たや》かるのは久しぶりだ」

魔法があるので体を清潔に保つのは容易かったが、やはり風呂のほうがリラックスする。

俺が全身の筋肉を緩ませながら湯の中を漂っていると、外に人の気配が現れた。

「ご主人様、お背中を流しましょうか？」

「ああ、リズか。じゃあ頼む」

そう言って俺が湯船から上がるのと同時に、リズが中に入って来る。

すでに、体にタオルを巻きつけただけの状態でだ。

無意識に目が行ってしまったのは、その大きな胸だった。

アイダやカテリーナよりさらに大きいそれは、爆乳と言うに相応しい。

といっても、すでに見慣れたものなので、すぐに視線を元に戻す。

そして、風呂に置いてある椅子に腰かけた。

「それでは、お流ししますね」

彼女は俺の後ろにしゃがむと荒めの布を持ち、それで石鹸を泡立ててから、背中をゴシゴシと擦り始めた。力加減もよく、背中から余分なものがこそぎ落とされている感じがする。

「そのまま続けてくれ、ちょうどいい」

俺は後ろのリズに、そう言って指示する。

それからしばらくその感触を楽しむと、リズが手を離して背中にお湯をかけた。

「これで綺麗になりましたね。後は……」

言葉の途中で、背中にとてつもなく柔らかい感触が広がった。

擦られて敏感になっている肌に、いつの間にかタオルを外したリズが抱きついてきたのだ。

「お許しいただければ、このままご奉仕させていただきたいと思います」

抱きつかれているからなのか声が耳元で聞こえ、脳みその中まで響いてくるようだ。

もちろんそれを断るようなことはない。

「あぁ、ならさっそく始めてくれ。このままだと辛くなりそうだ」

背中に当たる柔肉の感触は心地良いが、だからこそ動かないともどかしい。

俺の言葉にリズはさっそく動き始めた。

「このままだと少し動きにくいですから、泡をつけますね」

彼女は石鹸の泡を立てると、それを俺の体に塗りつけるようにしながら再び抱きついてきた。

直に触れていたときより感触は鈍くなるが、その分動きはスムーズになった。

リズの体が滑るようにあちこちに移動し、俺の体をマッサージしてくる。

もちろんそのときにもしっかりと胸を押しつけてきて、俺もだんだん興奮が高まってきた。

だが、ちょうどいいところで彼女が動きを止めてしまう。

「ご主人様の、硬くなってきましたね」

今度は俺の目の前にしゃがんだリズが、そう言って勃起し始めた肉棒に手を伸ばす。

泡だらけの手で触れると、そのままゆっくり上下にしごきはじめた。

「このままお体を楽にして、わたしに任せてください」

その言葉通り体の力を抜いて、リズの与えてくる快楽を受け入れる。

何度も俺の相手をしているだけあって、彼女の動きも手慣れていた。

俺のどこを刺激すればいいのか、全て把握している。

リズのテクニックで、ただでさえ硬くなっていたものが限界まで張り詰めてしまった。

「もう完全に硬くなってしまいましたね。数日前にカテリーナ様とあれほど激しくしていたのに、もうこんなに溜めてしまったんですか？」

リズはそう言いながら、さらに手の動きを激しくしてくる。

「溜めてようがそうじゃなかろうが、リズにこんなにされて興奮しない男がいるか？」

快感に耐えながらそう言うと、リズも俺を見て微笑んだ。

「わたしは、ご主人様以外のことなど気にしませんので。ただ、ご主人様に気持ち良くなっていただければそれでいいんです」

そう言うと、彼女はこれまで激しく動かしていた手を止める。

そして自慢の大きな胸を持つと、そのまま肉棒を一気に挟んできた。

「うおっ……」

一瞬で柔肉に包まれてしまう感覚に、声が漏れる。

俺も自分のものはそれなりの大きさだと思っているが、リズの爆乳にかかると全て飲み込まれてしまうのだ。

根元から先端まで隙間なく包まれて、その気持ち良さに腰が動いてしまいそうになる。

「ご主人様の、わたしの胸の中でビクビク動いてますよ。気持ちいいんですね」

「ああ、最高だ。やっぱり圧迫感が違うな」

大質量の乳房で挟まれ、中の圧力は他の比ではなかった。

だが、その潰されるような圧力の中でも、しっかりと柔らかさを感じられるのはさすがだ。

乳房が肉棒へ吸いつくように動き、少しの隙間もないほど肉が詰まっている。

そして、その状態のままリズは胸を上下に動かし始めた。

「んっ！　……ご主人様、気持ちいいですか？」

「ああ、これも随分上手くなったな。最初のころとは大違いだ」

リズの元の主人はパイズリはとくに教えず、好き勝手に胸を楽しんでいたらしい。

俺が拾ってからはいろいろとテクニックを教え込み、今では高級娼館の娼婦にも負けないほど上手くなっている。

酷い戦闘の後などで内心荒れているときや、いつの間にか溜まっていたときなどは、リズのほうから積極的に奉仕してくれた。

「もっと大きく動かしますね。たくさん気持ち良くなってくださいっ！」

リズの爆乳が大きく跳ね、肉棒から先走りが絞り出される。

弾力と柔らかさを兼ね備えた胸による責めに、根元のほうから全て絞り出されてしまうのではないかと思うほどだ。

「んっ、ご主人様のものが、当たって……あんっ！」

リズは俺に快感を与えることを最優先に動いていたが、胸が肉棒と擦れたことで性感が刺激されたらしい。爆乳の頂《いただき》にある乳首が硬くなって、頬もほんのり赤くなってくる。

それでも彼女は奉仕を優先して、俺を楽しませようと笑みを浮かべる。

そんな献身的な姿に、俺もだんだん欲望が抑えきれなくなってきた。

「くっ……リズッ！」

「はぁ、はぁっ……どんどん大きくなっていますね、そのまま我慢しないでください！」

俺の限界が近いことを感じ取ったのか、リズが俺の目を見つめながら言う。

魔法が使えないはずだが、その瞳には相手を従わせる魔力が宿っているようにも感じてしまう。

もちろん俺の想像だろうが、それほど奉仕中のリズには強い意思を感じる。

それに、奉仕もいつもより激しいような……。

「リズ。お前、アイダたちとしたことに嫉妬してるのか？」

俺がそう問いかけると、彼女が動きを止めて黙り込む。

「……いいえ、ご主人様のされることですから、嫌だとは思いません」

「ふん、そうかな？」

「今日のご主人様は少し意地悪ですね」

彼女は若干恨めしそうな目線で俺を見ると、パイズリを再開した。

少し止まっていて落ち着いたかと思ったが、動き出すとともに興奮が再び頂点に登ってしまう。肉棒を激しくしごかれる快感に、堪えられなくなってきた。

「そろそろイってしまいそうですね。最後はどこがよいでしょうか」

リズはそう言って希望を聞いてくるが、その間も胸の動きは止めない。

「このまま胸の中に出していただいても、お口で吸いだしても、手でしごいても、どれも気持ちいいですよ？」

どれも魅力的な提案だったが、あと少しも耐えられないほど限界だった。

「このまま中で出すぞ……！」

「はい、最後は全力でギュッとしますね」

俺の願いを聞いたリズは微笑み、そのまま胸を動かしてトドメを刺した。

絶頂の瞬間に彼女は思い切り胸を締めつけ、柔肉に埋まった肉棒を刺激する。

俺も自然と腰が浮いてしまい、彼女の谷間に押しつけるようにしながら射精した。

「あっ、凄い……中でドクドク出てるのが分かります。とても熱くてドロドロですね」

最後まで精液が出切ったことを確認したリズはようやく胸から手を離す。

発射された精液はリズの谷間を汚し、勢い余った一部は谷間から溢れていた。両手の締めつけから解放された柔肉が少し開いたが、その間に白濁した橋がかかってしまうほどだった。

「こんなにたくさんは、初めてです。胸が重くなったみたい……」

こうしている間にも、重力に耐え切れなかった塊がドロッと浴室の床に垂れていた。

我ながら、どれだけ出してしまったんだと呆れる。

ただ、泡と白濁まみれのリズの姿はこの上なくエロかった。

「ご主人様、まだ満足されていないみたいですね」

彼女の視線が、未だに萎えていない肉棒に移る。

あれだけの量を吐き出したというのに、まだ俺の性欲は満たされていなかった。

「もちろん最後まで、しっかりお世話させていただけますよね？」

「ああ、もちろんだ。今度は俺にさせてくれよ」

「はい、わたしの心も体も、全てご主人様のものですから」

リズはさっと体を流して汚れを落とすと、俺の前に膝立ちになった。

椅子から降りた俺は改めてマットの上に座り、彼女を引き寄せる。

そして、抱き寄せた勢いのままリズの唇を奪った。

「んっ、はぅ……っ！　ご主人様のキス、ぁん……」

「ここのところ忙しくて相手をしてやれなかったからな、ご褒美だ」

「私にはもったいないです。抱いていただけるだけでも幸せなのに……」

リズは感激に表情を蕩けさせ、俺にしなだれかかってくる。

「ごめんなさい、キスされただけで体の力、抜けちゃいました」

「安心しろ、勝手に楽しませてもらうさ」

俺は遠慮なくその体を持ち上げ、対面座位の形で挿入を始めた。

「ひっ、うぅ！　大きいのが奥まで入ってきます！」

リズの中はもうトロトロで、少しの抵抗もなく俺のものを受け入れた。

だが、一度咥えこむと、今までの無防備さは何だったのかとばかりに締めつけてくる。彼女の腰を掴んで肉棒を引き抜こうとすると、つられてこっちの腰まで浮いてしまいそうな感じだ。

「いいぞ、そのまま締めつけろ」

膣内の具合のよさに満足した俺は、そのままリズの尻を掴んで上下に揺する。

大きな動きではないが、締めつけのお陰で十分気持ちよかった。

「ああっ！　奥まで凄い突かれてます。意識飛んじゃいそうですっ」

ビクビクと全身を震わせながら、犯されている快感を受け止めるリズ。

なんとか俺の首に手を回して倒れないようにしつつも、それが精一杯という感じだった。

「そのまましっかり掴まっていろよ」

そう言って、彼女の肉付きのいい尻をもう一度掴み直す。

そのまま今度は、思い切り彼女の腰を動かし始めた。

「あっ、んうぅ！　こわっ、壊れちゃいますっ！」

パンパンと音を立てながら彼女の腰を激しく動かす。

もちろん膣内は激しく締めつけられていたが、そんなものお構いなしとばかりに腕を動かす。

さすがの締めつけも俺の腕力には敵わず、ただ快感を倍増させるだけだ。

俺の腰の上でリズが跳ね、さらにその刺激で絶頂にも近づいてくる。

その快感に耐えるように、ギュッと俺にしがみついた。

そして、興奮した声音を隠すようにいつもの柔らかい声で話しかけてきた。

「ご主人様、わたしがイってしまっても満足するまで止めないでくださいね？」

「ああ、分かっている」

リズはどこまでも、俺に奉仕しようとしているからな。

俺が気遣って途中で止めたら、逆に自分を責めるだろう。

「ただ、どうせなら一緒に楽しみたいけどな」

俺がそう言うと、リズがマットに膝をついて少し体を起こす。

「はぁはぁ……ご主人様のためなら……」

そのまま、今まで俺にやられてばかりだったリズが自分から腰を浮かせて動き始める。

さすがに動きはゆっくりとしたものだが。

自分の体を熟知しているだけあって、その動きはお互いに快感を得るためには十分だった。

リズは肉棒の先端を自分の一番奥に押しつけるようにしながら、上下に腰を動かす。

ピストンの度に耳元で彼女の嬌声が聞こえ、俺の興奮も高まった。

「あんっ、くっ、はぁ……本当に腰が砕けちゃいそうです！」

「そしたら俺が代わってやるから、最後まで腰を振れ」

我ながら酷い言葉だと思うが、リズは喜んでそれをやっている。

俺に命令されるというか、何かを言いつけられるだけでも嬉しいらしい。

特に、他の相手にはしないような要求だと嬉しいようだ。

「やはり嫉妬してるんじゃないか？　前までは俺が抱くのはリズだけだったが、最近は一気に増えたからな」

カテリーナが俺に勇者としてのふるまいを求める中で、特に心配していたのは女関係らしい。

それで俺は、リズ以外に手を出すなと言われていたわけだ。

それにリズは、性行為そのものを俺との特別な繋がりとして大事にしているみたいだしな。

だからリズは、俺がカテリーナまで抱いたことで危機感を抱《いだ》いたらしい。

俺としてはリズを捨てるなんて考えられないが、彼女にとっては深刻な事態だ。

俺を満足させているという実感が欲しいんじゃないだろうか。

「ご主人様の決めたことですから嫌だとは思いません。でも、やっぱり不安になってしまって……」

躊躇《ためら》いがちに、顔を伏せながらそう言うリズ。

俺の首に回された腕に力が入った。

「また……また飽きられてしまうんじゃないかって」

「心配性だな。だったら思い知らせてやろう」

俺は彼女の尻を掴んでいた手に力を入れ、そのまま再び動かし始めた。

「あんっ、ひゃう、うぅ！」

「リズも合わせて動かせ、このまま最後までいくぞ」

「はっ、はいぃ！」

リズも弱々しくだが俺の動きに合わせ、腰を動かす。

俺たちの間で急速に興奮が高まっていき、それが頂点に達する。

「リズ、イクぞ、受け取れ」

「あっ、ご主人様ぁ！　きてください、私で気持ち良くなって……！」

俺の肉棒をしぼるように締めつけてくる膣。

その感覚に耐え切れず、俺はリズの体を抱き寄せるようにしながら絶頂した。

一回目と変わらないほど勢いのよい射精で、大量の白濁液がリズの中を犯す。

「ひああっ！　ご主人様の子種がこんなにいっぱい……！　わたしもイっちゃいます‼」

一番奥で吐き出されたものは、子宮口から彼女の胎の中へと注ぎ込まれていく。

そこに入りきらなかった分も、膣内のヒダの一枚一枚に染み込むが如《ごと》く中で溜まっていた。

「はぁはぁっ！　はぁぁ……気絶するかと思いました」

意識を失うギリギリで持ちこたえたリズが、脱力して俺に寄りかかった。

今度は首に手を回す余裕もない、完全にダウンした状態だ。

「ん……ご主人様、体が動かないので口のほうまで持ってきていただけますか？　お掃除させてください」

最後まで律儀だなと思いつつ、俺はリズの体をマットに横たわらせる。

そして、その顔の前に萎えつつある肉棒を差し出した。

「はむっ、ちゅる、んぅ……」

リズは精液と愛液で汚れたそれを躊躇なく口に咥え、そのまま汚れを舐めとる。

俺は先ほどまでの快感とは違った心地良さを感じながら、彼女の髪を撫でた。リズも俺が満足していることを感じたのか、必要以上にそれを刺激することはなく、綺麗にし終わると口を離す。

「よくできたな」

「はい、ありがとうございます」

改めて頭を撫でてやると嬉しそうに微笑むリズ。

「そうだな……アイダは今日言ったように俺と似た境遇で、これからもいろいろと関わることも多いだろう」

その言葉に、少しリズの表情が硬くなる。

「あまりよい言葉を知らないのでうまく言えないが……俺がリズを手放すようなことはない、それは約束する」

上手く安心させてやれるような言葉が出てこなくて、申し訳なく思う。

だが、リズは俺の言葉に頷いてくれた。

「ご主人様が必要として下されば、わたしはどこまでもついていきます」

「ありがとう、リズ」

俺は彼女を抱き起して、もう一度軽くキスをした。

その後は何事もなかったかのように体を洗い服を着て、浴室から室内に戻るのだった。

第二章　もう一つの歴史

一話　遠征へ出航

数日が経ち、とうとう遠征に出発する日となった。

俺は装備を整え、アイダたちと合流してカテリーナに指定された場所へ向かう。

伝えられた教会本部の裏口に着くと、そこではカテリーナが待っていた。

「時間通りですわね、感心しますわ」

「別に刻印がなくとも、依頼された仕事はきっちりやるさ」

俺がそう言うと、皮肉と受け取ったのか彼女が少し怒った顔をする。

「まあよいですわ、外に馬車を待たせてあります。それに乗って港まで行きますわよ」

彼女に先導され、俺たち三人も外に出る。

すると、言われた通りに裏門の外には馬車が一台停まっていた。凱旋するときに乗っていたものと比べると数段劣る。庶民の異移動手段としても、よく見るタイプの馬車だった。

「あくまで別動隊の任務は相手の背後への奇襲、静かに出撃して静かに襲うのですわ」

俺の目線が馬車に向いていることで何を考えているか悟ったのか、カテリーナがそう言って説明する。

「なるほど、確かに本隊の出発ときは、だいぶ盛り上げていたな」

会議のときの枢機卿が率いる本隊の数は五万。

大部分はすでに市街で隊列を組んでいたが、出撃のときには一部の部隊が教会本部からパレードしたので、多くの市民に見送られていた。

勇ましい隊列で進む騎士や精鋭兵士の姿は、さぞ頼もしかっただろう。

俺は見に行かなかったが、外から大きな歓声や音楽が聞こえてきたので、興奮度合いは分かる。

「まだ、敵側のスパイが生き残っている可能性も否定できませんもの。念には念を入れることは必要ですわ」

カテリーナの考えに、俺も同意だった。

闇の者の中には人間に近い容姿を持つ者もいて、そんな奴らはスパイとして人間の街に忍び込んでくることがあった。

教会もスパイを発見次第討伐していたが、まだ生き残っている者がいないとも限らない。

「上陸地点で敵が待ち伏せていたら悲惨だからな、賛成だ」

俺も彼女の考えに頷き、姿を見られないよう馬車に乗った。

アイダたちも乗り込み、馬車は素早く発車していく。

ガタガタと馬車に揺られながら、俺は横目に町の様子を見ていた。

多くの人が行きかい、にぎやかに物と金のやり取りが行われている。

「最初のころとは、えらい違いだな」

その様子を見て俺はつぶやいた。

俺が召喚されたばかりのころ、戦争は膠着状態だった。

数に勝る人間の勢力だったが、北と東西が敵の勢力に囲まれていた。

どこかの戦力を抜けばそこがすぐに崩れてしまうから、人員の補給もギリギリ。

強固な陣地を作り上げて、引き籠もっているしかなかった。

戦果が上がらないまま長く続く戦いに、人間たちも疲れ始めていたのだ。

しかし、そこで俺が異世界から召喚された。

勇者として高い能力を持つ俺は、戦場を動かす戦力として期待されていたのだ。

そして、俺はその期待通りの働きをした。

膠着していた戦況は動き出し、俺はそのまま北に向けて進んでいった。

それから一年して、北の勢力の要だった魔王が消え、次は東を片付けようという段階だ。

いよいよ戦いの終わりが見えてきたということで人々も希望を感じ、心に余裕ができはじめたのだろう。

そんなことを考えていると、遠くのほうに港が見えてきた。

「さあ、そろそろ着きますわ。皆さん降りてください」

停止した馬車から俺たちが降りると、ひとりの騎士がカテリーナの元にやってきた。

それから二言三言話すと、忙しそうに去っていく。

「わたくしたちの乗る船が分かりましたわ、こちらです」

彼女について港の中を歩いていく。

開けた場所に出ると、目の前に何隻もの大きな帆船が停泊していた。

精鋭部隊の数は五百と聞いている。十隻ほどあったので、これが別動隊を運ぶ船なのだろう。

兵士たちはすでに俺たちより先行していたようで、あちこちに集団が待機していた。

「わたくしたちが乗るのは……」

カテリーナがそれぞれの船名を見ながら、確認していく。

見た目が全て同じなので、なかなかに分かりづらい。

「ありましたわ、リオン型巡洋艦のクリュースです」

カテリーナに連れられ、船の中に入っていく。

すると、艦長らしき軍服を着た男が俺たちを出迎えた。

「ようこそクリュースへ。私はこの艦を預かっている者です。勇者様たちに乗艦していただけるとは嬉しい限り」

「ええ、こちらこそよろしくお願いします、艦長」

俺は艦長と握手する。

その間、カテリーナは近くにいたもうひとりの軍服の男と話していた。

艦長よりも、だいぶ歳が上のようだ。

向こうもすぐに話が終わったらしく、こっちにやってきた。

「クニヒコ様、こちらは今回の輸送を担当してくれる艦隊の提督です」

「君たち別動隊は、我が艦隊が責任をもって送り届けよう」

そう言って提督が差し出してきた手を握り返し、再び握手する。

提督がいるということは、この船が艦隊の旗艦らしいな。

「ええ、こちらこそお願いします」

俺は愛想よく笑いつつ、今回の作戦でこの提督たちとも関係を深められないかと考えていた。

これまでに俺を支持してくれているのは全て陸の人間だが、水軍のほうにも伝手《つて》を作っておければ後々役立ちそうだ。

とはいえ、今は単に輸送されるだけの立場なので難しいかとも思う。水上戦をするわけじゃない。

せいぜいが、船の中で勇者らしく振る舞っておいて、好印象を与えるようにする程度だろう。

「……今はまた、猫を被ってますわね」

「シスター、何か俺にご用でも？」

「いいえ、何でもありませんわ」

俺の本性を知っているカテリーナは、怪しく思いつつも口を挟まない。

まあ、ダークエルフ討伐は彼女の悲願だ。大事な作戦の前なのに騒ぎを起こしたくはないよな。

「出航は一時間後です。船室はあまり広くないですが、我慢していただきます」

「雨風を凌げれば充分ですよ。体にカビが生えないように気を付けます」

俺は冗談めかしてそう言うと、案内として指名された近くの水兵に従って部屋を出た。

俺たちが水兵に案内されたのは、四人部屋だった。

「これは……少しお掃除のし甲斐がありそうですね」

そう言ったのはリズだった。

部屋に入った途端に、カビ臭い匂いが漂ってくる。どうやら、冗談抜きにカビ臭くなりそうだ。

まあ、木造の船だから仕方ないな。だが、リズは納得していないらしいかった。

「ご主人様、出航まではある程度片付けておきますので、少し時間を潰していただけますか？」

「分かった、だがほどほどにな」

俺はその場をリズに任せ、アイダたちを連れて表の甲板に出た。

甲板上では水夫たちが荷物の積み込みを行い、この艦に乗船するらしい兵士たちも集まっていた。

「いよいよか。召喚されてからだと、船に乗るのは初めてだな」

元の世界でなら、遊覧船ぐらいは経験があるが。

「私も、以前どこかで乗ったような記憶はあるけど、細かいことは思い出せないわ」

おそらくアイダも、召喚される前になら、なにかしらには乗ったことがあるんだろう。

「ふたりとも、船旅の経験があるのですか。わたくしはこれが初めてですわ」

隣でそう言うのは、カテリーナだった。

確かにいつもの余裕のある雰囲気と違って、少しだけ不安な様子がうかがえる。

「俺も細かいことはわからないが、そもそも、航海は本職に任せるしかないだろう」

幸い、あの艦長たちは信用できそうなので大丈夫だろう。

教会にとっても大事な作戦なので、優秀な人間を選んでいるはずだ。

そうこうしている間に準備が整い、出航時間となった。

船と陸地を繋いでいた舫《もや》い綱《づな》が解かれ、徐々に岸を離れている。

桟橋からは港の要員たちが、こっちに手を振っていた。

「さて、いよいよ作戦も仕上げの段階か。無事にたどり着けるといいんだがな」

俺はそう思いながら、船の進む先の水平線を見つめるのだった。

二話　泣きっ面に蜂

港を出航してから一週間、俺たちを運んでいる艦隊は順調に進み、目的地まで半分の距離に達していた。艦隊の中央に位置しているクリュース号の甲板に出て、水平線を眺める。

すると、後ろから声がかけられた。

「勇者様、おひとりで海を見てなにか考えごとですか？」

振り返ると、艦長がにこやかに笑っていた。

「まあ少し。それにしても、穏やかでいい海ですね」

特になにも考えず景色を見て、思ったまま適当に返事をする。

だが、艦長は意外にも話に乗ってきた。

「そうですか、嬉しいですね。実は私の故郷もこの近くなんですよ」

「へえ……」

たしかこの近くの土地は、ギリギリで闇の者の勢力圏には入っていなかった位置だ。

前線の上がった今でこそ安全だが、昔は不安と共に暮らしていたことだろう。

「作戦が成功すれば、いよいよ戦いの決着がつきます。勇者様は無事に目的地まで送り届けますよ」

「ええ、お願いします。辿り着けさえすれば上手くやってみせますよ」

俺の言葉に艦長も安心したように頷く。

それから二言《ふたこと》三言《みこと》話して、艦内に戻ろうとしたとき、船を衝撃が襲った。

「ぐっ、動きが止まった……？」

「少しお待ちを、確認してきます。おい、何があったんだ!?」

困惑する俺にそう言って、艦長は部下たちのほうに走る。

すぐに辺りもざわめき出し、水夫たちがあちこち動き回り始めた。俺も揺れから立ち直ると艦長の後を追う。艦橋のほうに行くと、艦長と何人もの水夫が集まっていた。

「何が起こったか、分かったんですか？」

俺の問いかけに艦長が苦り顔で答える。

「どうやら岩礁に乗り上げてしまったようです」

なるほど、だから急に動きが止まってしまったわけだ。

「では、浸水などで船が沈む危険は？」

「今のところ確認されていません。ですが艦隊の各艦には、避けて先に進むよう連絡します。隊列を崩すわけにもいきませんので」

その言葉に外を見ると、水夫のひとりが旗を振っているのが見えた。

あれで後続の船と連絡を取り合っているんだろう。それから、老提督が梯子《はしご》で小舟に乗り移るのが見える。他の船に移って、そこから指揮を執るのだろうか。

いつ動けるようになるか分からない以上、この船を旗艦のままにしておく意味はない。

「陸上の本隊との兼ね合いもありますし、あまり時間をかけていられません」

「ええ、できるだけ早く脱出したいですね」

「そこで、勇者様に魔法を使っていただくわけにはいきませんか？」

艦長の提案に、俺もなるほどと考える。

「加減が難しそうですね。でも、やってみましょう」

水の魔法を使って、引っかかっている船を浮かせることができれば脱出できる。

だが、俺はあまり大規模な魔法は苦手で、船全体を上手く浮かせられるかわからない。

そこで俺は、アイダに協力を仰ぐことにした。

船室に行って状況を説明すると、彼女も快くうなずいてくれる。

「任せて、このくらいなら余裕よ」

その頼もしい言葉を聞き、俺は彼女を連れて甲板に登る。

「アイダは船を持ち上げてくれ。俺が移動させる」

「了解よ」

俺は艦長に方法を説明し、彼らを船内に退避させる。これでアイダの魔法を見られることはない。

そして、アイダと同時に魔法を発動させた。

本来なら広範囲の敵を波に飲み込む魔法が海中から放たれ、船底に水流が当たる。

グラッと船が動いて浮いた瞬間、俺も魔法を発動して船に横から水流を当てた。

そのまま無事に船は暗礁から脱出したが、艦隊からは大分遅れてしまっている。

「このまま上手く、追いつけるか？」

多少の不安を感じながらも、再び動き出した船。

だが、そんな俺たちに追い打ちのように不幸が襲い掛かる。

「おい、あの船はなんだ？」

進路とは別の沖のほうから、一隻の船が近づいてきたのだ。

そして、その帆船の帆には大きく髑髏マークが書かれていた。

「クソッ、なんて日だ。海賊だ、応戦用意！」

忌々し気な表情の艦長がそう命令すると、水兵たちが武器を手に取る。

「俺も出ます。こんなところで手間取っていられません」

「気を付けてくださいい勇者様、奴らは艦隊から落伍者が出るのを狙っていたのかもしれない」

彼の言葉に頷き、剣を手に取って甲板に戻った。

海賊船はこちらに向かって一直線に進んできており、こっちを狙っているのは明らかだ。

教会の船を狙うほどだから、余程自分たちに自信があるのだろう。

だが、この船に俺が乗っていたのが運の尽きだ。

俺は海賊船が交戦距離に入る直前、極限まで強化された身体能力と風の魔法を使って、相手の船に乗り込んでいくのだった。

◆　◆

結果から言えば、海賊船は俺ひとりに制圧された。

相手が人間だったので一応殺さず捕縛したが、その程度の余裕がある戦いだ。

確かに海賊としては強いのかもしれないが、魔王と比べれば雲泥の差だった。

「それで、この者たちが襲い掛かってきた海賊なんですわね？」

俺が捕まえ、連行した海賊たちを前にカテリーナが問いかける。

「ああ、間違いない。そうだな？」

「へっ、へい！」

屈強なヒゲ面の男が委縮しているのは似合わないが、それほど圧倒的な戦いだった。

こちらの船に乗り込む準備をしていた海賊たちは、突然乗り込んできた俺に蹂躙され、ひとり残らず捕縛されたのだ。

恐怖から海に飛び込もうとした者さえ連れ戻され、逃げ場がないことも思い知っている。

「教会に楯突くような行為は、断じて許せません」

見た目の上品さからは想像もできないほど冷たいカテリーナの声に、大の男たちも震え上がる。

「……ですが、今わたくしたちは非常に重要な任務の最中です。あなたたち如きに構っている暇もありません」

そう言うと、彼女は懐から一枚の紙を取り出す。

「ここに教会に恭順することを誓い、人々の船に手を出さないことを約束しなさい。そうすれば今回に限って見逃してあげましょう」

教会の正義を重んじる彼女からすれば軽い罰だが、それだけ今回の任務を重視しているということだろう。それに、俺がひとりで制圧したのでこちらに負傷者が出なかったこともあるだろうな。

怪我人が出ていれば、こうも優しくはいかなかっただろう。

「ははぁ、今すぐに！　おい野郎ども、ここに約束するんだ！」

紙を受け取った海賊船の船長は、そう言って部下の海賊たちに命令する。男たちが次々に指を使って血判を押していき、全員分の判が集まったところで、カテリーナに返される。

「神よ、この誓約書に免じてこの者らの罪をお許しください……」

彼女がそう言って何事か唱えると、手に持った紙に火がついて消える。

これは魔法の一種で、誓約書に判を押した者は、約束を破ると天罰が下るという。要するに俺に刻まれた刻印の簡易版だ。旅の中で何度か見たことがあるので、その効果はよく分かっている。

その後、カテリーナは武器を没収した上で海賊を開放する。

「二度とこのようなことはしてはいけませんよ。もしするのなら、闇の者を相手になさい」

彼女のその言い草に、相変わらずブレないなと苦笑いする。

旅の中で同じように対処した賊に対しても、同じように言っていたのだ。

カテリーナにとっては闇の者を倒すことが至上で、それを成すのは誰でもよいのだろう。こちらが命令せずとも勝手に闇の者を減らしてくれる存在になれば、儲けものと思っているに違いない。

「見事な仕置きでした、シスター」

それを後ろから見ていた艦長が、褒め讃えた。

「いいえ艦長、無駄に時間をかけてしまいました。先を急ぎましょう」

「そうですね……よし、大きく帆を張るんだ。上手く風を掴めばスピードに乗れるぞ！」

艦長の命令で水夫たちが動き出し、帆が張り直されて船のスピードが上がる。

さすがに旗艦を任されていた船だけあって、乗員の技術も高い。

この分なら艦隊に追いつけるかもしれないな。

こうして不幸なトラブルに見舞われつつも、俺たちは先を急ぐのだった。

三話　上陸作戦

座礁と海賊による襲撃のダブルパンチを乗り越え、全力で進んだ俺たちは、目的地到着のギリギリで艦隊に追いつくことができた。

何とか安心したのもつかの間、すぐに上陸の準備が始まる。

「事前の打ち合わせでは、近くにある港町を制圧して橋頭堡にする予定です。ここですわね」

カテリーナが地図を広げ、現在位置と港町の位置を指差す。

「町には必ず周辺の地図があるはずです、それを探してください」

「確かに、この地図じゃ少し荒いからな」

今使っている闇の者の勢力圏の地図は、大まかな位置しか書き込まれていないので、作戦を行うにはもっと詳細なものが必要だ。

「それと、これが奇襲作戦であることも忘れてはいけませんわ。直接攻める主力とは別に、別動隊も作って逃げ道を塞ぎ、一気に制圧します」

「ただでさえ少ない戦力を二分するのか？」

俺はそう問いかけるが、カテリーナは強く頷いた。

「主力にはクニヒコ様も加わっていただきますし、三百で大丈夫でしょう。残り二百で町を包囲させます」

どうやら本気のようだ。こうなったら彼女の作戦通りやるしかないな。

「分かった。できるだけ素早く制圧しよう」

それほど大きな町でもなさそうなので、向こうの戦力は百もいないだろう。

それなら俺ひとりでも制圧可能だ。もっとも、住民にまで抵抗されたらその限りではないが。

「もちろん、住民も武器を持って襲ってくるかもしれませんわ。十分気を付けてくださいませ」

カテリーナも同じことを思ったのか、そう注意する。

それからすぐに、別動隊を乗せた船が艦隊から分派され、いよいよ作戦が始まる。

「よし、乗り込むぞ。速攻で決着をつける、一息になだれ込め」

俺が剣を抜いてそう言うと、同じ船に乗っている兵士たちも頷く。

艦隊が徐々に港へ近づくにつれ、向こうもこっちに気付き始めたようだ。

停泊していた船の動きが、にわかに騒がしくなってくる。

「海の上からも逃がさないよう注意してください。兵員を降ろした船は周囲の警戒を！」

そして、俺たちの船がついに接岸する。

町中から十数人の兵士が出てきたのを見た俺は、先頭に立って船から飛び降りる。

「人間が来たぞ、迎撃しろ！」

どうやらこの町には、マーマンが住んでいるらしい。

青白い肌でエラを持ち、水中でも自在に動ける種族だ。闇の者の中でも、とくに槍の使い方に長けている。目の前の兵士たちもそれぞれが槍を持ち、短い投げ槍まで装備していた。

俺が飛び出したのを見るや、マーマンは投げ槍で一斉に攻撃してくる。

薄い鉄板ならば貫くほどの威力があるそれを、俺は剣一本で全て弾き飛ばす。

「今のうちに降伏するなら、命だけは助けてやるぞ」

「なにをバカな、死ねい！」

先頭にいたマーマンが、投げ槍を突破した俺に自慢の槍を突き出してくる。

しかし、俺はそれを余裕を持って回避すると、すれ違いざまにそいつの首を切り飛ばした。

「なっ、一撃で!?」

「そいつに気を付けろ！　全員で攻撃するんだ！」

仲間がやられたマーマンたちが警戒して、連携攻撃を仕掛けてくる。

何本もの槍が絶え間なく突き出され、後衛からは隙を見て投げ槍が放たれる。

「残念だが、遅いぞ！」

鋭い投げ槍も、アイダの攻撃を受けた経験のある俺からすれば余裕で見切れる範囲だ。

飛んでくる内の一本を左手で掴みとると、そのままクルリと回転させて投げ返した。

「なんだとっ……ぐふ！」

驚愕の表情になった敵が、そのまま自分の投げた槍で地面に縫い止められる。

その様子に唖然となったマーマンたちに、俺は一気に接近して斬りかかった。

「マズい、攻め込まれる！」

「一対一になるな、纏まって相手に……うわっ！」

敵の槍は厄介だったが、一度懐に潜り込んでしまえば剣のほうが有利だ。

それに、連携するために集まっていたからか、仲間に当たるのを恐れて思うように槍を振り回せないらしい。俺はそれにつけ込み、ひとりずつ確実に倒していった。

その場にいた全員を倒すころには、船からも兵たちが降りてきて街に展開し始める。

「敵はマーマンだ、投げ槍に注意しろ。薄い盾だと貫通されるぞ！」

俺の警告で、兵士たちが大きな盾を持った者を先頭に進んでいく。

港の制圧は船の水兵たちに任せ、教会兵士は一気に町の中央へ向かうつもりだ。

「マーマンだ、盾を構えろ！」

途中で敵と鉢合わせすることもあったが、ほとんどが少数だったので数で押し通った。

向こうも突然の攻撃で、統制が取れていないらしい。

だが、さすがに街の中心らしい屋敷には多くの敵兵が集まっていて、正面からの対決となった。

「人間どもを、これ以上進ませるな！　投擲《とうてき》！」

「投げ槍がくるぞ、盾の後ろに隠れろ！」

何発もの投げ槍を食らって盾を貫通される者が出るが、こちらもお返しとばかりに弓矢を射かける。敵も奮闘したが、やはりこちらのほうが優勢だった。

相手の投げ槍が尽きたタイミングを見計らって俺が突っ込み、防衛線に穴を開ける。

その穴にカテリーナが連れてきた精鋭の騎士が突っ込み、どんどん拡張していった。

辛うじて保っていた防衛線が崩壊し、こちらが一気になだれ込んだ。

マーマンたちは組織的な撤退もできずに討ち取られ、町の中心部は俺たちの手に落ちる。

「まずは地図を探してください、敵が燃やして妨害するかもしれませんわ」

カテリーナの命令で屋敷内が捜索され、無事に地図が手に入った。

「これから掃討戦を行いますわ。住民を連れ出し、隠れている兵士を排除するのです」

こんなときのカテリーナは、ほんとうに冷酷無比な指揮官だ。

可憐なシスターであることも騎士たちを鼓舞し、一斉に命令が実行される。

別動隊からも連絡があり、すでに町の包囲が完了されていることはわかっていた。

後は街の中から危険を排除すれば、ここを安全な橋頭堡にできる。

「各班に分かれて端から端まで残党がいないか探しなさい、住民は全員広場に連れてくるのです」

二百の兵が二十班に別れ、町の中を捜索していく。

住民自体が千人もいないだろう小規模な町なので、二時間ほどで残党兵士の掃討も終わった。

大部分が降伏したが、少数が最後まで抵抗してこちらにも負傷者が出たのは痛かったな。

カテリーナは負傷者を回収し、別動隊とも合流して部隊を再編制させる。

それが終わると、広場に集めていた捕虜と住人たちの処遇について話し合う。

制圧した屋敷の部屋に部隊長級が集まって会議が開かれた。

「捕虜が四十人で、そのうち半分が負傷者。住民は八百人と少しですか」

彼女は手早くまとめられた資料を見て難しい表情をする。

「全員を見張る余裕はありませんわね。数を減らしましょうか……」

「おい、まさか殺すとは言わないよな？」

不穏な言葉に俺はそう確認を取る。

「クニヒコ様、最重要は作戦の達成ですわ。そのために必要なら虐殺でもなんでもいたします」

そう答えるカテリーナの目は本気だった。

俺が何も言わなければ本当にやる気だ。

狂信者じみているとは思っていたが、まさかここまでとは。

「さすがに無抵抗の相手を殺すのはマズいぞ。イルミナス教の評判が落ちてもいいのか？」

「あら、闇の者を殺して評判が落ちますの？」

俺の言葉に対して、彼女は不思議そうにそう言う。

「少なくとも女子供まで殺すのはマズい。ここで虐殺をしたら残りの勢力も最後まで抵抗するぞ」

敵に捕まったら命がないと知れば、文字通り最後の瞬間まで抵抗するようになるだろう。

そうなればこっちの被害だって馬鹿にならない。

「降伏して命が助かると聞けば、既に劣勢な敵の士気はさらに下がる。味方の被害は少ないほうがいいだろう？」

「確かに、教徒の血が無駄に流れるのは避けたいですわね」

「ああ、今後の統治のためにはそのほうがいい」

俺は何とか、カテリーナを思いとどまらせることができたと一安心する。

「では、監視しやすいように海沿いの家へまとめて収容させますわ」

彼女の決定で会議は終わった。

だが同時に、会議で俺以外に反対を口にする者がいなかったのは気持ち悪い。

これまで少数で旅をしていたので気付かなかったのかもしれないが、これだけ大勢の兵士がいても、誰も虐殺にが異を唱えないとなると異常だ。イルミナス教の本質を見誤っていただろうか？

外に出ると、マーマンの捕虜たちが縄でつながれて連行されていくのが見える。

女子供でも容赦なく連れていく姿に気分を悪くしながら、俺はあてがわれた宿に向かうのだった。

四話　魔王とメイド、ふたり並べて

住人の消えた町中にある一件の宿が、俺とアイダたち三人があてがわれた。

アイダとリズは船で待機していたが、掃討戦が終わったことでこっちに呼び出すことができたのだ。今は宿にあった材料でリズが作ってくれた夕食を食べていた。

本来なら窃盗だなんだと言われるが、この程度のことは旅の中で慣れてしまっている。

「なんだか浮かない顔ね、邦彦」

食事が終わり、部屋で休んでいるところでアイダが話しかけてきた。

リズは台所で洗い物をしている。

「……そう見えるか？」

「ええ、なんだか納得いかないって顔してるわ」

「そうか……」

俺はそれからアイダに、今日のことを話した。

港町を制圧したはいいが、多くの捕虜が発生してしまったこと。

その扱いでカテリーナの意見に反論する者が、俺しかいなかったこと。

そして、実際に外で捕虜の扱いを見て気分を悪くしていること。

「今さらになって、俺は勇者として比較的綺麗な仕事をさせられていたんだなと思うよ」

ため息をつきながらそう言って、過去の旅を振り返る。

これまでも闇の者の基地や施設の他に、町や村を制圧したこともあった。

しかし、敵兵は倒しても、無防備な相手に手を出したことはない。

「これまでは運がよかったんだな。同じ状況なら俺も加担させられていたかもしれない」

闇の者は少数であるが故に、攻め込めば戦えない者は逃げていたが、同じように包囲する状況があったらどうなっていたか。刻印の機能していたころの俺なら、カテリーナに意見せず黙って指示に従っていただろう。改めて、刻印の束縛が消えたことにありがたみを感じていた。

「信仰の力は兵を強くするけど、同時に見境もなくさせるわね」

アイダの意見に俺も頷く。

イルミナス教にとって聖戦である闇の者との戦いで死ねば名誉なことだし、敬虔な教徒にとっては死後の安寧が約束されるので、恐れるものはなにもないということだろう。

実利の面で言っても、闇の者との戦いで戦果を上げれば、人間同士の戦いで同じことをするよりずっと褒美が多い。だが、何事も行き過ぎれば負の面を持つことになる。

明言こそしていないが、カテリーナや彼女に近い部隊長級は、イルミナス教に入っていない人間まで敵視していそうだ。

「信仰の力が強いというのも、考えものだな」

改めて教徒たちの異様さを見せつけられて、ガッツリ疲れてしまった。

「まあ、中には割のいい給料目当ての兵士もいるみたいだけどね」

「そっちのほうが、まだ人間的かもな」

冗談を言い合っていると、気分の悪さがまぎれるような気がした。

そうする内に、洗い物を終えたリズも飲み物を持ってやってくる。

「イルミナス教の異様さですか？　わたしはあまり宗教をどうこうと思ったことはありません」

俺がそれまでの話をリズに振ると、彼女はあっさり切って捨てた。

「日ごろから神に祈っていても、助からないときは助かりませんから」

そう言うリズの言葉には実感がこもっていた。

実際に、あの世へ片足を突っ込んでいた経験があるからな。

俺は間違ってもそんな経験はしたくないが。

「だから、神などよりは、目の前にあるものに全身全霊を向けます」

手に持ったコップを置き、リズがそう言いながら俺のほうに移動してきた。

部屋の中では俺がベッドに座り、残るふたりが椅子に座っていた。

だが、彼女の動きを見てアイダも席を立った。

「ご主人様、心のほうがお疲れでしたら癒させてください」

「リズ、抜け駆けはさせないわよ」

俺の左にリズが座り、右にアイダが座る。

彼女たちはそのまま俺の体に手を回してきた。

優しく抱きつくようにしながら自分の柔らかい体を押しつけ、俺を逃がさないようにする。

ここまでアピールされたら、やる気にならない訳がない。

「まだ返事はしてないんだがな。まあ、最初はふたりに任せるか」

そう了承すると、ふたりの動きが徐々にあからさまになっていく。

リズは嬉しそうに微笑みながら、ズボンの上から俺の肉棒を撫でる。

アイダはさらに体を寄せ、俺の顔を自分のほうに向けた。

「ふふ、最初のキスはいただくわね」

そう言いながらアイダが俺の頭を抱えるように手を動かし、自分の唇を押しつけてくる。

俺はそれを受け入れながら、ふたりの体に手を回した。

「はふっ、んっふぅ、ちゅ」

「キスは取られてしまいましたか。それならわたしは、ご主人様の好きなものでご奉仕しますね」

リズは俺とキスするアイダを羨ましそうに見ながら、自分の体に回されてる俺の手を取る。

移動させた先はメイド服の中だ。

服の上からでもその大きさがよく分かる爆乳に、直接俺の手を導く。

外気に触れていた手が下着の下へ一気に潜り込んだ。

俺はその温かさと柔らかさに思わず夢中で胸を揉みしだく。

「あっ、いきなり激しいです……っ！」

俺の動きが予想以上に積極的だからか、心構えができていなかったらしいリズは胸を刺激されて甘い声を出す。

耳がとろけるような声を聞きながら、残った右手をアイダのドレスの下へ潜り込ませた。

服の中に手が入ってきたことで彼女は一瞬体を硬直させる。

だが、俺が強く唇に吸いつくと夢中になるように体を寄せてきた。

「ん、んむっ……ふぁっ、はうぅ！」

俺が指で下着の奥にある秘部を刺激すると、さすがにアイダも悲鳴を上げる。

「邦彦、今日は最初から積極的なのね」

頬を少し赤くしながら、キスの味を思い出すかのように舌で唇を舐めた。

クールな美貌を持つ彼女がそうすると、それだけでも淫靡に見えてしまう。

「ふっ、んんっ！　ねえ、これだけで終わりだとは思わないでしょう？」

「そうだな、次はどうしてくれるんだ」

そう言って次の行動を促すと、彼女は一度リズのほうを見て腰かけていたベッドから降りる。

そのまま俺の前に跪《ひざまず》いて、ズボンに手をかけた。

「ふふ、口で気持ちよくしてあげる。その間、上はリズと楽しんでなさい」

アイダはズボンを引っ張り、下着ごと脱がせてしまう。

俺のものがこぼれ落ちると、それを手に持ってマッサージし始めた。

少しSっ気のある彼女が自らこういう奉仕してくれるのは意外だったが、そのギャップもいい。

「ご主人様、下はアイダ様に任せてこちらも楽しみましょう？」

股間に意識が向かい始めたとき、見計らったようなタイミングでリズが話しかけてくる。

彼女はベッドに膝立ちになって高さを調節すると、そのまま俺の顔に胸を押しつけてきた。

俺の手に余るような爆乳だ、それを押しつけられると完全に顔が埋もれてしまう。

「わたしの胸、気持ちいいですか？　ご主人様は好きですからね」

これまでの経験から俺が巨乳好きだと知っていて、自分の武器を最大限活用してくる。

俺も大きな柔肉二つに挟まれて多少息苦しいほどだったが、文句を言うつもりはなかった。

反対にこの状況を楽しみながら、リズも感じさせるために動き始める。

まずは左側の胸を揉みしだき、反対側の乳房を口に含む。

「ふあっ……すごいです、両方ご主人様にめちゃくちゃにされて……んっ！」

敏感な先端を舐めると、リズの体がビクッと震える。

彼女は快感を堪えるように俺の頭を抱きしめた。

頭がさらに柔肉へ埋まっていく心地よさを感じながら、俺は責めを続ける。

「リズの胸に埋もれて興奮してるのかしら。こっちもガチガチよ」

一方、下にいるアイダは既に、肉棒へ舌を這わせていた。

ピンク色の綺麗な舌を突き出し、大きく強張った肉棒を愛撫していく。

「前は私のほうが舐められたから今回はお返しよ。このままイカせてあげる」

彼女は妖艶な笑みを浮かべると、次の瞬間には肉棒を口内に咥え込んだ。

今までが舌による愛撫というレベルだったものが、いきなり激しいフェラに変化する。

「うむっ、んっ、じゅぷ……っ！」

淫らな水音を立てながらの奉仕に、俺も興奮を高める。

右手で彼女の頭を優しくなでると、さらに口淫が激しさを増した。

その素直な反応に可愛らしさを感じつつ、同時に我慢の限界が近づいていることも悟った。

俺はそれに抗いながら、目の前のリズを全力で責める。

「あひっ、乳首そんなに舐めたら溶けちゃいます！　胸の形が変わっちゃうぅ！」

リズも俺の責めに絶頂寸前らしく、全身を硬直させている。

俺は最後にリズの胸を甘噛みしながら、右手でアイダの頭を腰に押しつけるように動かした。

「あっ、咬んじゃっ……イクッッッ!!」

リズの絶頂と同時に俺も射精する。

アイダも突然の動きに驚いたようだが、口内に子種が溢れるとそれを飲み込み始めた。

俺はそのまま全て吐き出し終わるまでふたりを離さず、ようやく解放したころには彼女たちも大きく息が乱れていた。

「はぁっ、はぁっ、こく！　いきなり動かすんだもの、驚いたわ」

「ご主人様の舌で溶けそうになってしまいました……」

立ち上がって口の端についた白濁液を舐め取るアイダと、ベッドに座り込むリズ。

俺は改めてふたりに手を伸ばし、その体を掴むと押し倒した。

「んっ、ひと言、横になれって言ってくれればいいのに」

「まだ満足されていないんですね。もちろん最後までご奉仕させてくださいね？」

お互いに邪魔な服を脱ぎ去ると、そのままふたりに覆いかぶさる。

わざわざ確認せずとも、彼女たちの息遣いで準備ができていることは分かっていた。

俺も硬くなったものを持ち出し、まずはアイダのほうに挿入する。

「んあっ！　一気に奥まで……っ！」

「全部飲み込んだな。ついこの前、処女を貰ったばかりだとは思えないぞ」

そう言うと、彼女も少し恥ずかしがった様子で反論してくる。

「邦彦とするって思うだけで、もう濡れてしまうの。わたしをこんなに恥ずかしい体にした責任、取

ってくれるわよね？」

「ああ、まずはその性欲を満足させてやろう」

彼女の腰をしっかり捕まえ、そのまま動いて責めていく。

中は動かす度に愛液が零れてくるほど濡れていて、キツい締めつけで搾り取られるようだった。

「ふっ、くぅん……やっぱり顔を見られながらだと少し恥ずかしいわ」

そう言えば、初めてしたときはバックだったな。

あのときのことを思い出しつつ、俺は顔を隠そうとしている腕を押さえる。

「うっ、意地悪……あっ、んん！」

両手を頭の上で押さえられ、アイダの感じている表情を隠すものは何もない。

見られたくなければポーカーフェイスを貫くしかないが、一度快感を味わわされた彼女にそれは無理だろう。体が快感の先にある絶頂を求め、アイダの意志とは関係なく興奮を高めていく。

「どうした、いつもの綺麗な顔が可愛くなってきてるぞ」

「うぅ、見ないで……はんっ、恥ずかしい、からっ！」

ダメだと言われるとやってみたくなるのが人間だ。彼女も本気で嫌がってるわけじゃない。

「ほら、もっと動かすぞ」

アイダの手を押さえたまま腰を動かす。それに対し、彼女は俺の動きを押さえようと足を閉じる。

だが、一度奥まで肉棒を突き込むと、一瞬で体を弛緩させて足を開いてしまう。

「ひゃう……ず、ズルいわよぉ」

「ならアイダのほうも、俺を手玉に取るくらいテクニックを磨けばいいんじゃないか？」

「そんなことできたら、苦労しないわ」

まあ、こうイカされてばかりじゃ先は遠いかもな。

「でも、さっきのフェラは上手かったぞ。どこで練習したんだ？」

まさか元々あんなテクニックがあったわけではないだろう。

問いかけると、彼女は目をそらしてしまった。

だが、ここにいるのは俺とアイダだけじゃない。

「……リズ、何か知ってるか？」

「はい、わたしのほうで幾つか、練習用の道具を用意しました。自室でいろいろと研究されていたみたいですね」

リズから帰ってきた返事に、俺は満足する。

アイダがこんなことを相談するとしたら、リズしかいないからな。

「裏切り者……邦彦には言わないと約束したのに……」

「ご主人様が望まれれば、知っていることは全てお話しします。それに、自分からは話しませんでしたよ？」

「見た目よりずっと腹黒いメイドね……あぁん！」

俺が何回か激しく突くと、アイダは軽くイってしまったらしい。

きゅうきゅうと抱きしめてくるような締めつけを楽しむと、俺は一度膣内から抜いてリズのほうへ持っていく。

「質問に答えた、ご褒美だ」

「ありがとうございます、一気に奥まで……あんっ！」

俺の動きに合わせて足を開いていたリズに肉棒を突き込む。

やはりというか、トロトロになっていた膣内は一瞬で肉棒を咥え込む。

まるで底なし沼が、意識を持って動いているようだ。

「っ！　相変わらず、すごいな……」

熱く火照った内部が肉棒に絡みつき、奥から子種を引き出そうとしてくる。

一度射精していなければ、すぐにでも終わってしまいそうな気持ち良さだ。

「はぁはぁっ……お褒めに与り光栄です」

ただ、ここまで濡らしていると、リズのほうもただではすまないようだ。

敏感になった膣に肉棒を突き入れられる度に、全身を快楽に震わせている。

男を気持ち良くさせるが、自分はそれ以上に感じてしまう。まさに諸刃の剣な状態だな。

「リズの感じてる顔も綺麗だぞ。もっとよく見せろ」

「はっ、はい。わたしのだらしない顔、じっくり見て楽しんでください」

奉仕している姿も、感じている姿も、全てじっくり見せてくれるのはリズのいいところだ。

本心では恥ずかしさも感じているだろうが、俺のためにとそれを振り切っている。

そこまでされて嬉しく思わないはずがない。

心身ともに俺に捧げて奉仕しているリズの姿に、ますます興奮してしまう。

「きゃうっ……また激しく、はぐっ！」

腰を動かす度に揺れる爆乳を上から鷲掴みにすると、リズの口から悲鳴が漏れる。

そろそろ限界か……と思ったところでアイダがリズのほうに体を寄せてきた。

「邦彦、私も一緒にして」

「ようやく素直になったか。もちろん一緒にイカせてやる」

先ほど軽くイってから、落ち着きを取り戻していたアイダ。

だが、俺とリズの行為を見て再び昂《たかぶ》ってきたらしい。

途中で乱入するのを躊躇っていたようだが、我慢できないところまできたということか。

「今まで我慢していたみたいだな。入れただけでイクなよ？」

「い、いくら何でもそんな……っ⁉　ひっ、あっ、ああっ！」

リズから抜いた肉棒をアイダに挿入すると、一瞬で彼女の動きが固まる。

ギュッと足を閉じて、そのまま動くなと言っているようだ。

「この足を退けてくれないと、動けないんだがな」

「待って、今は動いちゃダメ。本当にダメだから！」

「と言われても、リズのほうも待ちわびてる。悪いな」

俺は力ずくで足を開くと、そのまま一気に引き抜いた。

その瞬間、アイダは呼吸を止め、体をガクガクと震えさせる。

「アイダ様、イってしまったんですか？」

俺に再び挿入されながら、甘い声でリズが問いかける。

「まだ、イってない……っう」

「それなら一緒にイカせてもらいましょう。ねえ、ご主人様？」

アイダの言葉を素直に受け取るフリをして、さらに責めようとするのは鬼畜だな。

「リズ、お前もなかなか悪い奴だな」

「ご主人様もやる気ですよね？　わたしもイカせてくださいっ」

その言葉を聞き、俺も最後に全力でふたりを責め始める。

「あっ、いやっ！　待って、さっきイったから！」

「今さら認めても遅いぞ」

「ダメなの、イクッ！　またイクッ！」

アイダも成すすべなく、連続絶頂に追い込まれていく。

「イクぞ……ぐぅ……っ！」

ふたりの肉体を同時に味わって、これまでで最高の快楽を感じながら欲望を解き放つ。

「イク、ご主人様っ、好きッ、ご主人様ぁぁ!!」

「またイカされる！　あんっ、イッ、イックゥゥ!!」

彼女たちの中へ交互に子種を注ぎ込み、お互いに溜まっていた欲を放出するように絶頂した。

リズは、普段言わない愛の言葉を叫びながら。

アイダは、クールな表情の中に隠している肉欲をさらけ出すように。

俺も全てを吐き出すと、彼女たちに体を預けるように力を抜く。

少し重いかと思ったが、リズもアイダも一緒に俺を受け止めてくれる。

久しく忘れていた安堵感を覚えながら、俺はそのまま目を閉じるのだった。

五話　遺跡へ強襲

ふたりを抱いた翌日、いつになくスッキリと目を覚ます。

視線を動かすと、部屋の椅子には既に着替えたアイダが座わっていた。

「おはよう邦彦。リズが朝食の準備をしているから早く着替えたほうがいいわ」

「ん、ああ……そうだな」

ベッドから起き上がり、リズが用意してくれたであろう服を着る。

「汚れは魔法で落としておいたわ。カテリーナとの待ち合わせ時間まであまりないから、急いでね？」

「分かった」

この異世界には正確な時計がないのでアバウトだが、太陽の高さから見てそろそろだろう。

俺は急いで用意をすると、リズの作った朝食を食べる。

それにしても、あれだけ熟睡できたのはやはりふたりのお陰だろう。

勇者にされてからは、安心して眠れる機会などほとんどなかったから、感謝しないとな。

とはいえ、まずは目先の用事を片付けなければおちおち話し合うこともできない。

朝食を完食すると、その足でカテリーナの元に向かった。

恐らく出撃だろうから、戦えないリズは留守番だ。

「クニヒコ様、ギリギリですわ」

「悪かった、少し眠りすぎてな」

「睡眠をとるのはよいですが、ここはあくまで敵地です。そのことをお忘れなく」

彼女は釘を刺すように言うと、今回の目的地を説明した。ここから少し離れたところにある遺跡のようだ。どうも、そこにダークエルフの女王がいるらしい。

「この町の町長や、ほかの捕虜たちからも聞きましたので間違いありませんわ。女王を倒せば、この戦争は終わりです」

そう言う彼女の言葉には、いつになく力が籠っていた。

「そっちこそ、気合いの入れすぎで空回りするなよ」

先ほどのお返しとばかりに釘を刺してやると、向こうもムッとした顔で俺を見る。

「言われるまでもありませんわ。必ず女王の首を取ります」

それから俺たちはカテリーナと、さらに選抜した二百の精鋭兵と共に遺跡に向かった。

事前の情報どおり森や山ばかりの地形だったが、港町で入手した地図を使い、障害物の少ない場所を通る。奇襲されれば被害をこうむるが、本隊がうまく陽動作戦をやっているようで、まだこちらの存在が相手に知られていないので、その心配もないだろうと判断したからだ。

見つかる前に素早く移動するためにも、開けた場所に移った。

「この森じゃ、大人数の部隊で動くのは無理だな。せいぜい十数人だ」

左右の深い森を見ながら、そんな感想を抱く。

これではとても、本隊のような大規模部隊は移動できないだろう。

俺たちでさえ隊列が前後に長くなってしまっているのだから。

「だから少数の精鋭部隊で奇襲をかけ、制圧するのですわ。そろそろ見えてきましたわよ」

カテリーナが前方を指さすと、確かに大きな遺跡のようなものが見えた。

だが、さすがにここには警備がいるようだ。

武装したダークエルフたちが巡回している。

「やはり、正解ですわ。重要施設でなければ、ここまでの厳重な警備はしません」

「だが、これは見つからずに入るのは無理だな」

ここから見えるだけで、十人以上いる。

ゲームじゃあるまいし、アレを見つからずに倒すのは無理だ。

「元より覚悟の上です。一斉に襲い掛かりますわよ」

そう言いながらカテリーナが前に出て手を上げる。

すると、兵士の中からクロスボウを装備した一団が前に出た。

照準をダークエルフたちに合わせると、カテリーナが上げていた手を振り下ろす。

それを合図に、クロスボウからボルトが放たれる。

「ぐあっ!」

「おい、どうした。いったいなんだ?」

「馬鹿野郎、敵襲だ!」

数人の敵兵が直撃を受けて即死し、さらに数人が負傷する。

「今ですわ、全軍突撃!」

言うな否や、カテリーナが先頭に立って突撃を敢行した。

騒ぎを聞きつけた他のダークエルフたちもやって来たが、見張り程度では多勢に無勢。すぐに制圧され、巨大な遺跡を取り囲むことに成功する。

「半数はここで遺跡を包囲。もう半数は中に突入しますわよ」

カテリーナは部隊を二つに分け、片方を率いて遺跡の中に突入する。

もちろん俺とアイダも一緒だ。

遺跡の中はそれなりに広かったが、やはり百人近くとなると手狭だな。

「さあ、進みますわよ。奥にいる女王を引きずりだすのです！」

意気揚々と乗り込む兵士たち。だが、向こうもここまで踏み込まれて黙っているわけがない。

すぐに反撃が行われた。

「前からなにか来るぞ！」

遺跡の奥から現れたのは、巨大なスライムの塊だった。

スライムは魔法使いが生み出す魔法生物だが、ここまで巨大なものは初めて見た。

「隊列を作って槍で攻撃しろ！　近づけさせるな！」

「待て、どんな種類かも分からないのに……」

スライムは、作る魔法使いによって、その能力に大きな違いがあるのだ。

だが、俺が止める前に兵士たちは攻撃を始めてしまった。

「攻撃が効かないぞ!?」

「うわっ、槍がからめとられる！」

どうやらこのスライムは、物理攻撃が効きにくい種類のようだ。

同じように見て取ったのか、アイダが前に出る。

「そこを退いて。燃えなさい」

兵士たちを横に退かすと、すぐに魔法で火球を作り出して発射する。

直撃を食らったスライムが、ジュウジュウと音を立てながら蒸発し始めた。

「炎は効くようね。もう二、三発食らっておきなさい」

さらに連続で攻撃すると、スライムが完全に蒸発する。

「とりあえずこれで大丈夫ね。次からはあまり前に出すぎないで」

彼女はそう言うと、再び俺のほうに戻ってきた。

「まあ、こんなものかしら」

「アイダさん、随分と魔法の扱いに慣れているようですわね？」

カテリーナがそう言って、少し不審そうな目線を向けてくる。

「多少は魔法の心得があるのを思い出したの。だから、自衛くらいはできるわ。でも、あっさり魔王城に囚われてしまった私が言っても、説得力はないかもしれないけれど」

「いえ、なかなか見事なものでしたよ。魔力も強いようで羨ましいですわ」

戦闘中だからか、カテリーナはそれだけ言うと深くは聞いてこなかった。

ただ、これ以上注目を引かないように、大規模な魔法は使わないほうがいいだろう。

アイダに目配せすると、彼女も同じように感じたのか頷く。

「何をボサッとしているんですの。先に進みますわよ」

カテリーナの号令で、再び進み始める兵士たち。

しかし、先に進めば進むほど遺跡の中は過酷になっていった。

罠も、子供の悪戯レベルから即死級のものまで揃っている。

飼いならされたらしい猛獣や、凶悪な魔法生物なども頻繁に現れた。

そこにさらに、神出鬼没のダークエルフの兵士たちが奇襲してくるからやっかいだ。

魔獣と戦っている間に背後を襲われると、大きな被害が出てしまう。こちらも対応しようとするが、地の利があるぶん向こうのほうが上手く動けるので、防御するだけで精一杯だ。

遺跡の中の罠も熟知しているのか、逃げる者を追おうとした兵士たちが何人も罠にかかっている。

最初は百人近くいた突入部隊の兵士たちが、すでに三割ほど数を減らしてしまった。

「もうだいぶ進んだんだがな……」

「広間に出るぞ……また敵だ！　今度は数が多い！」

先頭を行く兵士から、悲鳴のような報告が上がる。狭い通路では戦えないと広間に出るが、複数の猛獣や魔法生物が、待っていたとばかりに襲い掛かってきた。

「チッ、いつまで続くんだ」

俺は襲い掛かってきた猛獣を切り捨てると、押されているところを援護する。物理攻撃の効きにくいスライムや、怪力のゴーレム、さらに動きの速い猛獣の波状攻撃に苦戦していた。

「カテリーナ、このままじゃジリ貧だぞ」

俺も魔法を使ってスライムを焼き払いながら、同じように戦っている彼女に声をかけた。

「くっ、こちらも忙しいのですわ！　ああもう、硬すぎます！」

魔法を使い、爆発を起こしてゴーレムに攻撃するカテリーナ。

だが、ゴーレムのほうは表面が焼け焦げただけだ。

「このっ、倒れなさい！」

それならばと魔法を連続で放つ。

度重なる衝撃に耐えきれなかったのか、ゴーレムがその場に倒れた。

そこに騎士たちが飛びかかり、寄ってたかってゴーレムを解体する。

いくら痛覚のない魔法生物といえど、体をパーツごとに分解されては動きようがない。

「はぁはぁ……なんとか片付きそうですわね」

多少の負傷者こそ出した者ものの、この場は乗り切ったようだ。

「だが、いつまでも同じようなことを続けられないぞ。一度戻ったほうがいい」

もう二時間以上、戦い詰めだった。

普段の訓練で体のほうはまだ戦えても、精神力が尽きる限界だ。

ずっと気を張りっぱなしでは、ミスを起こしやすくなってしまう。

「まだ後方と連絡はついているんだから、今のうちに後退したほうがいいんじゃないか？」

「ダメですわ。女王はここで仕留めておかないと！」

カテリーナは諦めるつもりがないようだ。

「なら、俺たちだけで先行しよう。兵士たちはここを中間地点として守らせる」

俺が出した折衷案に、彼女も不承不承といった感じで頷いた。

こうして、俺たちは少数でさらに遺跡の奥まで進むことになったのだった。

六話　異界の門番

兵士たちを外との連絡役として中間地点に残し、俺とアイダとカテリーナ、そして二人の精鋭騎士で奥へと進む。

カテリーナについている騎士は、教会から派遣された戦闘のスペシャリストだ。

だが、最初は十人ほどいた彼らも、度重なる戦闘で負傷者が出て二人しか残っていない。

俺も旅の中で彼らの強さを認めていたが、それでもここまで消耗するほど遺跡の防御は硬い。

とはいえ、彼らにはカテリーナと同じように、俺を監視するという仕事もある。

余計な目が減ったことは、喜ぶべきことだった。

「どうやらさっきの広間で、このあたりの戦力は出し切ったか？」

「どうかしら、まだ油断はできないわ」

アイダが鋭く周囲を警戒する。広間から一つ階段を上がっているが、戦闘は殆どない。

さすがの戦力もネタ切れかと思ったところで、目の間に開けた空間が現れた。

その奥には、これまた大きな扉がある。

全高は四メートルほどで、先ほど戦ったゴーレムでも通れそうだ。

扉や壁には彫刻が彫られていて、まさに古代遺跡という雰囲気だった。

「大きな門の前の広間。あまりいい予感はしないんだがな」

こういうところには大抵、門番がいるはずだ。

「ここで立ち止まっていては進みませんわ。行きますわよ」

そう言ってカテリーナが歩きだし、それに騎士が従う。

「あ、迂闊に……チッ」

「いいじゃない、このまま動かないと進まないのも事実よ」

仕方なく後を追うと、既にカテリーナは扉の前に着いていた。

そして、何やら彫刻を観察すると俺のほうに振り返る。

「この奥が女王の間だそうですわ」

「わざわざ、書いてあるのか？」

「ええ……忌々しい、後で粉々に砕いてあげますわ」

彼女は上品な顔に似合わない、吐き捨てるような言葉で言うと扉に手をかけた。

その瞬間、広間中央の床が突如として光り始める。

「これは……なんですの？」

いぶかしそうにしながら、魔法を使う準備をするカテリーナ。

俺たちもそれぞれ武器を構えた。

円状に光り出したもの……おそらく魔法陣だ。

直径三メートルはあろうかという大きな魔法陣から何かがせり上がってくる。

それは巨体を持ち、一つ目で、その巨体に見合う棍棒を持った化け物だった。

「なんだ……これは……」

「魔法生物なのか？　いや、いくらなんでもこれは！」

普段寡黙な騎士たちも、異様な怪物に恐れを抱いたようだ。

俺もこんなものは初めて見る。

「あれは……サイクロプス」

「アイダ、知っているのか？」

俺はそのサイクロプスから視線を反らさずに、横にいる彼女へ問いかける。

「ええ、古く強力な魔法使いだけが使えるという召喚魔法で異界から呼び出される怪物よ」

ここまで余裕を崩していなかったアイダも警戒心を高めている。

「私も昔に聞いただけだけど、召喚された怪物は特殊能力を持っているらしいの。気を付けて」

千年前から魔王をやっていたアイダでさえ、見たことのないレベルの怪物か。

そう思っていると、それまで光っていた魔法陣が掻き消える。

それと同時に、サイクロプスが動き出した。

射貫くような視線で俺を見ると、手に持った棍棒を振りかぶる。

「クソッ、罠にかかったのはカテリーナなんだから、そっちに行けよ！」

俺とアイダは、大きく床を蹴って攻撃を躱す。

一瞬前まで俺たちのいた場所に、大質量の棍棒が直撃した。

その衝撃に石畳が砕け、破片が弾丸のようにあたりへ飛び散る。

「パワーも見た目通りだし、振りも速いな。アイダ、援護を頼む」

「任せて、邦彦」

俺は後ろを彼女に任せ、一気に飛び出した。

サイクロプスの目が俺を追ってくるが、それはアイダが妨害する。

「邦彦は私のものなんだから、あまりジロジロ見ないでくれる？」

両手に雷撃の槍を生み出した彼女が、それを投擲する。

二本の槍は見事に目玉へ直撃するかと思われたが、その直前にサイクロプスが瞼《まぶた》を閉じる。

彼女の魔法は、瞼とは思えないほど肉厚なそれに阻まれ、目を潰すことは叶わなかった。

全力状態のアイダなら、防御を突破することができたかもしれない。

だが、今の彼女は魔力の大部分を自ら封じているので、大威力の魔法が撃てないのだ。

「ふふ、少し反則じゃない？　邦彦とふたりだけならよかったのだけど」

苦笑いしながら、アイダは三投目四投目と連続で攻撃する。

教会の目がある以上、アイダの濃すぎる魔力を鮮明に晒してしまう大規模魔法は使えない。

その分、カテリーナたちの活躍に期待するしかなかった。

「いつまでもクニヒコ様だけに任せていられません。やりますわよ」

彼女が跪いて何事か祈ると、彼女自身とふたりの騎士の体を淡い光が包む。

「さあ、光の神からご加護をいただきました。怪物を浄化するのです！」

その声と共に騎士たちが突撃し、カテリーナも新たな魔法を唱える。

俺も再び振り下ろされた棍棒をかわすと、サイクロプスの足を切りつけた。

だが、まるで鉄の塊を切っているように硬い。

「本当に生き物なのか、こいつは！」

思わず悪態をつきながら少し後退する。

空いたスペースには、教会の騎士が入ってきた。

「うおおお！」

「はっ、むん！」

加護の力で身体能力が強化されているようだが、深い傷は負わせられないようだ。

「あなたたち、退きなさい」

その声で騎士たちが散開したところに、カテリーナが魔法を撃ちこむ。

光り輝く円錐状のランスが四本、サイクロプスに殺到した。

「ガアアアアアアアッ！」

そのうち二本は雄たけびと共に棍棒で打ち払われるが、残り二本が右膝近くに突き刺さる。

だがこれも、尋常ならざる頑丈さで貫通するまでには至らないようだ。

「まだダメなの？」

「いや、あれで動きは鈍った」

サイクロプスが踏み出したときの、音の重さが違う。

怪我をした右足を庇ってやがるな。

「一気にケリをつけるぞ」

俺は剣に手をかざし、一瞬で複雑な魔法を発動させて雷を纏わせた。

騎士も同じことを考えたのか、突っ込んでいく。

しかし、その場にとどまったまま、騎士たちのほうを向いたサイクロプスの目が輝く。

「今度は何を……」

俺は警戒したが、瞬きする間もなくひとりの騎士に光の柱が直撃した。

光の出元は、サイクロプスの目だ。

「レーザー光線!?」

後ろのアイダから、驚愕の声が聞こえた。

先ほどまで騎士がいた場所は、床が赤熱化して跡形もなくなっている。

間一髪逃れたもうひとりの騎士も、あまりのことに動けなかった。

「動け、止まるな！　相手に照準を絞らせるな！」

俺は一瞬で接近すると、カテリーナが開けた右足の傷口を広げるように切りつける。

「グウウウウウアアアアア！」

痛みに耐えかねたサイクロプスが膝をつくが、その視線を俺に向けようと頭を動かす。

「させないわ」

それはアイダが、無数の火球を頭部にぶつけることで中断させることができた。

俺も敵の首の可動範囲を見極めながら、次々攻撃を当てていく。

雷を纏わせた剣は見た目こそ大きな傷を与えていないが、切りつけながら皮膚の下に電流を流すことで確実に内部へダメージを負わせるのだ。

そして、ついに両膝をついたサイクロプスにトドメを刺す。

アイダとカテリーナが牽制したところで一気に巨体を駆け上がり、そのまま大きな目に剣を突き立てた。

「ゴオオオ……オオオォォォ……」

弱点から直接体内に電流を流し込まれたことで、サイクロプスの体のあちこちから黒い煙が上がる。見上げるようだった巨体は床に倒れ、そのまま光の粒子となって消えていった。

「ふぅ……なんとかなったな。さすがにレーザーは反則だろう」

俺は壁に寄りかかりながらそうつぶやく。

「あれがサイクロプスの特殊能力だったようね。ん……邦彦、それは？」

俺のほうに近寄ってきたアイダ。

彼女が指さしたのは、俺の寄りかかっている壁だった。

俺は振り返ってみると、そこに刻まれている彫刻に目を丸くする。

間違いない。さっきまで戦っていたサイクロプスが描かれていた。

サイクロプスの後ろには人……いや、耳が長いからエルフか？

おそらくダークエルフだろう。そいつがサイクロプスを操って何かと戦闘している場面だ。

「戦っている相手は、人間じゃないな」

輪郭がぼやけていて見えにくいが、少なくとも人間ではなかった。

「クニヒコ様、何をしてますの？」

「ああ、すぐに行く」

さすがにゆっくり眺めている訳にもいかず、俺はカテリーナと合流する。

そして、今度は俺が巨大な扉に手をかけるのだった。

七話　女王アンゲリカ

巨大な扉に手を当てて力を入れると、重々しい音をたてながら開いていく。

さっそく中に入っていくと、目の前に明るい空間が現れる。

まるでギリシャあたりの神殿のように、大きな石柱が立ち並ぶ部屋。

学校の、体育館ほどはあるだろう。その奥の一段高い場所に、椅子と机が一組置かれていた。

椅子に座っているのは、耳の尖った褐色肌の女。間違いなく、ダークエルフだ。

「……ふむ、来たか」

彼女は机に置いてある盤上で何か駒を動かしていたようだが、俺たちに気付くと視線をこちらに向ける。

「人間、それも奴の加護を受けた者が四人か。いや、二人は呪いと言ったほうがよいな」

どこか影のあるような美貌を持つその女は、俺たちを見ると見透かすように呟いた。見た目は俺より少し若いくらいだが、カテリーナによると記録がないほど昔から生きているらしい。

「あんたがダークエルフの女王か？」

そう問いかけると、彼女は軽く頷いた。

「いかにも、余がダークエルフ最初の指導者だ。名はアンゲリカ、冥土の土産代わりに覚えておくといい」

女王アンゲリカは王者然としながらも、どこか無気力に答えた。

「奴が邪魔な余を排除するために仕向けたか。自分で殺せぬからと言って、とうとう余の抹殺まで人間に任せたか」

そう言って乾いた笑いをするアンゲリカ。

「既に大勢は決しているのだから、放っておけばいいものを」

俺はその言葉に違和感を覚えた。

彼女は自分の種族が滅亡寸前だというのに、焦りの一つも感じていない。

それどころか、まるで自然の摂理か何かのように思っているようだ。

「おい、あんたは……」

違和感の正体を確かめようと声をかけたとき、横から俺の前にカテリーナが出てくる。

「女王アンゲリカ……神に代わってわたくしが抹殺しますわ！」

彼女は止める間もなく右手を天に掲げ、そこに光り輝くランスを生み出すと投擲したのだ。

「聖槍で貫かれなさい！」

サイクロプスの硬い皮膚さえ貫通させたランスが、アンゲリカに迫る。

しかし、彼女はそれを椅子に肘をつきながら片手で受け止め、後ろに放り投げる。

「無駄だ、奴の加護で余を傷つけることはできぬ。ここまでたどり着いたことは褒めてやるが、それではこの首はくれてやれぬな」

「ぐっ……！」

信じる神が否定されたからか、苦渋の表情になるカテリーナ。

だが、自分の攻撃が効かないと分かるとすぐに、俺のほうへ視線を向けてきた。

「クニヒコ様、お願いします。あなたの力なら……」

「ああ、分かってるよ」

一直線にしか飛ばないランスより、剣のほうがまだ攻撃を当てられそうだしな。

俺は前に出て剣をアンゲリカに向ける。

「あんたに恨みはないが、俺にも目的があるんでな。悪いが死んでもらう」

すると、彼女は少し表情を緩ませた。

「ふふ、それでこそ人間よの。献身の精神は素晴らしいが、我欲の一つもなければ真の強者になりはせぬ」

「感心しているなら、褒美にあんたの首の一つでももらえないか？　そうすれば俺は楽に帰れるんだが」

「残念だが、それはできぬのう。首がなくなってはさすがに生きておれん」

そう言ってクスクスと笑うアンゲリカ。

だが、良いことを聞いた。悠久を生きるダークエルフも首を飛ばせば死ぬらしいことだ。

「それならなおのこと、首をいただかないとな。あまり暴れないでくれよ」

先ほどの壁画のことも少し気になったので聞いてみたかったが、こうなっては仕方ない。

俺は剣を構え、アンゲリカに向け突進した。

「邦彦、正面からじゃまずいわ！」

俺がまっすぐ向かっていることに危機感を覚えたアイダが、魔法で援護射撃してくれる。

無数の雷の槍が、文字通りの雷速でアンゲリカに殺到した。

「なかなか洗練されているな。だが、余には届かぬ」

彼女が手を二、三度握ると、空中を進んでいたはずの魔法がいきなり消滅した。

「今、なにが……？」

「そう驚くでない。風の魔法で空気を圧縮させただけだ」

「雷速の魔法を全て同時に？　そんなバカな……」

アイダの驚愕しているような声がありありと伝わってきた。

彼女の放った雷槍の数は十を下らない。

それを同時に、狙った場所で空気の圧縮により消滅させるなど、人の領域ではなかった。

「あんたも立派に人外ってことか。なら勇者が倒すにはピッタリだな」

俺は最初から全力で力を込め、アンゲリカに向けて突きを放った。

彼女はそれを余裕を持って受け止めようとするが、俺は手応えを感じる。

「なに？」

アンゲリカが防御しようと展開した魔力の盾。俺の剣はそれを突き破っていたのだ。切っ先が貫通したところで勢いがなくなり止まってしまったが、確かにアンゲリカの防御を貫いている。

「どうした、びっくりした顔をしてるぞ」

「いやいや、本当に驚いているぞ。まさか余の盾を抜くとは」

彼女が楽しそうに微笑みながら俺を見る。

「まだ名前を聞いていなかったたな」

「わざわざ名乗るほどの者でもないんだがな。矢代邦彦だ」

「クニヒコか、覚えておこう」

それが終わると、彼女は盾を展開している手に力を入れて俺を押してきた。細腕からは想像もつかない、先ほどのサイクロプス並みの剛力に自分から後ろへ飛ぶことで勢いを殺す。

「ふっ、さすがに下僕より主人が弱いことはないか」

そのまま体勢を整えると、アンゲリカも椅子から立ち上がる。そして、左手を前につき出すと空中で何かを掴むように握った。女王が手を引くと、そのあたりの空間がゆがんで何かが引っ張り出される。全て出てきたところで、折りたたまれていたそれが展開された。

彼女が何もない空間から呼び出したのは、弓だった。

「これも久しぶりに使うな。さて、クニヒコは何射耐えられる？」

「全部避けて、お前を串刺しにしてやるよ」

「面白い、やってみろ」

そう言った直後、アンゲリカは弓を引き絞って矢を放ってきた。

実物の矢ではない。魔力で作り上げた矢だ。

辛うじてそれを判別した俺は全力で横に跳ぶ。

すると、普通の矢ではありえない軌道をしながら魔法の矢が追尾してきた。

「絶対に外れぬぞ。どう避ける？」

問いかけてくる間も、二の矢三の矢を放ってくるアンゲリカ。

まるでミサイルのように追尾してくる矢に対して、俺は足を止めて迎撃に出た。

「そんな単純な軌道で……っ！」

直撃する寸前、その射線上に剣を割り込ませる。

ガンガンガン！　と、まるで岩を打ったかのような音が響く。

そして、俺の足元に三本の折れた矢が転がった。

「いくら追尾性能がよくても、自立誘導なら止まっている目標には直進する。予想以上に手ごたえがあったけどな」

思ったより素直な動きで助かったと思いつつ、痺れている手で再び剣を握る。

たかが長さ三十センチほどの矢だというのに、まるで岩盤を殴ったかのような手応えだった。

直撃すればどうなるか考えないようにしつつ、今度はこちらから仕掛ける。

「接近されたら、弓でどうする!?」

二十メートル以上離れていた距離を瞬きする間に詰め、そのまま上から斬り下ろす。

「この弓も、ただの弓ではないのでな」

アンゲリカは弓を左手で持ったまま、俺の剣を受け止める。

信じられないほど硬く重い手ごたえに、俺は表情をゆがめた。

「この世には存在しない物質を集めて作った。その手の剣で、どうやってこれを斬る？」

彼女は俺の反応を楽しむように言ってくる。

そう言えば、サイクロプスも異界から召喚したのだったな。

「そんなに異界のものが好きなら、そっちに移住したらどうだ？」

一旦バックステップで距離を開け、身体能力と魔法の併用で一瞬の内に背後を取る。

「残念だが、余はこの星から離れられぬのでな」

だが彼女は、後ろに目でもついているかのように、死角からの攻撃をかわした。

そのまま振り返りざまに打ち込まれた矢を、アンゲリカの魔力盾を真似て展開することでなんとか防ぐ。だが、貫通こそしなかったものの重い衝撃で、左腕から嫌な音と共に激痛が走った。

「ふん、無理をするな。壊れるぞ？」

「死ぬよりは何倍かましだよ」

俺はそのまま左手で拳を握ると、アンゲリカの腹に一撃を加えた。

「ぐっ、その腕で……」

まさか負傷直後に左手を使うとは思わなかったのか、一瞬彼女が怯む。

そこを攻め時だと思った俺は、右手の剣を突き出しながら刃に炎を纏わせた。

アンゲリカは握った弓で防御しようとするが、接触した瞬間火花と共に剣が滑る。

それに彼女は目を丸くするが、もう間に合わない。

首を狙っていた剣は、アンゲリカの胸元に突き刺さった。

「ぐ……がはっ！」

一瞬苦しそうな顔をして彼女は血を吐く。

赤熱化した刀身が彼女の心臓を焼いていく手ごたえを感じた。

「この展開は……予想外だった、な……」

全身から力が抜けたように倒れた彼女は、最後にそう言って目を閉じた。

俺は、そのまま倒れたアンゲリカの前で立ち尽くすのだった。

八話　それぞれの戦果と凱旋

俺は、胸に剣を突き立てられたまま倒れるアンゲリカの前に立ち尽くす。

だが、このままこうしている訳にもいけないと、剣を手に取って引き抜いた。

何度も魔法を込めて酷使した剣はボロボロで、もう使い物にならなくなっている。

あと少し魔力を込めただけで、自壊してしまうだろう。

「俺のほうこそ信じられないな。まさか本当に死んじまったのか？」

アンゲリカの傍に跪き、その体を確認する。

まるで天が与えたような美しい体には、俺が最後につけた傷以外におかしなところはない。

一応呼吸も脈も確認してみるが、体にはすでに、生体反応はなかった。

だが、その表情はとても死人のものは思えないほど安らかだ。

「……本当に殺すことになるとは、残念だよ」

彼女の言っていた言葉や、この遺跡の壁画には興味を引かれるものもあったからだ。

下手をすれば、俺が死んでいたかもしれない。

それでも、相手を殺したことを残念だと思い、ここまで罪悪感を覚えるのは初めてだった。

とりあえず、蚊帳の外になっているアイダたちを呼び寄せなければ。

そう思って立ち上がろうとしたとき、アンゲリカの瞼が動いた。

「まだ動くな。ふふ、本当に一度殺されるとは思わなかったぞ」

確かに胸に風穴が空いているはずの彼女が、目を覚ましたのだ。

「言っただろう、余はこの星から離れられぬと。あの世に行くこともままならんのだ」

その言葉に、俺も会話の中で感じていた違和感の正体を知った。

首を飛ばせば死ぬというのは、首と体が離れていれば蘇生してもまたすぐに死んでしまうということか。

体がパーツ単位で蘇っても、しっかり繋がっていないと血が通わず死んでしまう。

逆に心臓を貫かれたり頭を潰される程度では、すぐに生き返ってしまうようだ。

「お前ならすぐに首を斬るかと思ったが、何か思うところがあったか？」

「ああ、少し聞きたい話があってな」

死んでいないなら、この状況を十分に利用させてもらうまでだ。

俺はカテリーナたちの位置から見えないように体を動かし、胸元の刻印跡をアンゲリカに見せた。

とりあえず今の俺たちに最も重要なことは、この刻印についてだからだ。

「俺はこの刻印を刻んだ奴に復讐したい。何か知っているか？」

「それは……ああ、知っているぞ。知っているとも」

彼女は刻印を見て小さく頷く。なら方針は決まったも同然だ。

「俺はお前を見逃す。お前は俺に刻印のことを教える。あの弓は、保険代わりに貰っていくぞ」

「ああ、それでいい」

アンゲリカが了承したのを確認すると、再生しつつある胸元を隠すために、上着を脱いで被せようとする。

だが、その直前に再びアンゲリカに止められた。

「そういえば、クニヒコともうひとりの女は、この世界の人間ではないな」

「分かるのか？」

「お前たちが倒したサイクロプスを召喚したのは、誰だと思っておる」

確かに、使っている弓も異界の材料を集めたと言っていたな。

「もし希望すればだが、お前たちを元の世界へ戻すこともできるかもしれぬ」

「それは……本当か？」

アンゲリカの言葉に思わず声が低くなる。

二年以上前、いきなり離れることになってしまった元の世界。

何度帰りたいと思ったことか。

「詳しく調べてみないと分からぬがな。その代わり、余の目的にも協力してもらうぞ」

「目的？　目的なんかあったのか」

最初にアンゲリカを見た印象はどこか擦れているというか、投げやりなところがあるように見えた。

「ああ、お前を見てもしやと思ってしまってな。余にまだこんな気持ちが残っていたとは驚きだ」

そう言って彼女は薄く笑う。

「何にせよ、まずは教会のふたりを騙さなきゃならない。このまま大人しくしていてくれ」

俺はそう言って、再び上着を被せる。

そして、傍らに落ちている弓を拾うと立ち上がった。

振り返ると、改めて部屋の惨状が目に入る。

お互いの重い一撃を受け止め、全力の攻撃を行った余波が周りに被害を与えていたのだ。

魔力剣を振り切った風圧や、音速を軽く超える矢の衝撃波で、ボロボロになっていた。

「邦彦、大丈夫なの!? 途中から手が出せなくなって……」

「お互い、近距離で斬ったり撃ったりしていたからな、仕方ない」

まずはアイダが、そしてカテリーナと生き残りの騎士もやってくる。

「クニヒコ様、確実にトドメは刺しましたか？」

「心臓を貫いた上に、念入りに胸を焼いておいたのを見なかったのか？」

そう言いながら、アンゲリカの弓を彼女に渡す。

アンゲリカの体に、俺の剣が突き刺さったのは見えたはずだ。

横に目を向けると、アイダは俺の言葉に頷いている。

「この剣に奴の血もついてる、お供えすれば神様も喜ぶだろう。戦利品の弓もある」

「それは、女王の弓ですわね！ ダークエルフにとって弓は命と言えるほど大切な武器。討伐の証明にはピッタリです」

カテリーナは目を輝かせて弓を見ている。

「それはちょうどいい。けど、早く逃げたほうがいいぞ、少しやりすぎたようだ。遺跡が崩壊するかもしれん」

「分かりましたわ、取り急ぎ脱出いたしましょう」

納得したのかカテリーナも頷き、全員で来た道を戻る。

気付けば辺りから、石材同士が擦れる嫌な音が聞こえ始めていた。

「女王もそうだが、サイクロプスを暴れさせすぎた。おんぼろの遺跡には耐えきれなかったか」

サイクロプスの棍棒が床に叩きつけられるたびに遺跡全体が揺れ、さらにレーザーで一部が融解してしまったのだ。

遺跡全体が崩壊してしまうのも無理はない。

魔王城と同じ結末になったが、これはこれで証拠を隠滅できるので助かる。

俺は逃げるときにもさりげなく壁に手を当て、内部に魔法を撃ちこんで崩壊を促進させた。

アンゲリカが下敷きになる危険もあるが、彼女なら上手く逃げ出すだろう。

やがて兵士たちを待機させていた中間部まで戻ると、彼らが右往左往しているのが見えた。

「お前たち、狼狽えるな！　目的は達した、脱出する！」

動揺している兵たちを一喝し、そのまま脱出させる。

最後に俺たちが逃げ出したところで、とうとう遺跡が崩壊した。

「あの壁画、もう少し見ておけばよかったか……」

多少の後悔は残ったが、仕方ない。

結果的には、気に食わない殺しをせずに新しい協力者を得られたのだから、これ以上は望めないだろう。心臓を焼いたときに一度殺しているが、生き返っていれば問題ないな。

「綺麗に崩れたわね。邦彦が行く建物は毎回崩壊するけど、建物に恨みでもあるの？」

「別にそんなものは、ないんだがな」

アンゲリカのことはアイダにも話しておかなければいけないと思いつつ、まずはカテリーナの元に向かった。

「これで、今回の任務は達成ということでいいんだな？」

「ええ、女王は長い間ダークエルフたちの精神的な主柱でしたわ。彼女が死んだとなれば、本隊と対峙している者も動揺するでしょう」

彼女はそう言いながら手に持った弓を見下ろす。

その目は嗜虐的で、控えめに言っても聖職者らしいとは思えなかった。

まあ、私怨があるとすれば仕方ない。

しかし、同時に違和感も覚えていた。

実際にアンゲリカに会って感じたが、彼女はどうも、積極的に人間の側へ攻め込んでいた感じがしない。だが、とりあえずそれは横に置いておこう。

まずはこの場を上手く切り抜け、気取られずにアンゲリカと合流することだ。

彼女から話を聞けば、詳しいことも分かるだろう。

「まずはここから撤退して、港町に戻ろう」

「そうですわね、落ち着いた話はそれからにしましょうか」

この提案にはカテリーナもすぐに同意する。

それから部隊がまとめられ、急いで港町へ撤退した。

まだ残っているかもしれないダークエルフに、森の中で襲われたら面倒だからな。

それからなんとか追撃も受けず、撤退に成功する。

町まで戻って来た俺たちを残っていた兵たちが盛大に迎えた。

伝令によって一足先に報告が届いていたからだろう。

本隊への報告はカテリーナのほうからするらしく、今日はもう休むことに。

俺もアイダを連れて宿に戻った。

「ご主人様、お帰りなさいませ。宿の準備は整っています」

リズも表まで出て来て迎えてくれていた。

「ああ、今戻った」

「疲れたわ。私も早く休みたい……」

それからリズに導かれて室内に入り、疲れを癒すことにする。

こうして、表向き今回の遠征の目的は達成されたのだった。

九話　女王のお願い

宿に戻った俺は、リズの用意した食事を食べて腹を満たした。

その後は風呂にゆっくり浸かって疲れを癒す。

リズも今回は遠慮したのか入ってくることはなく、ひとりで十分に楽しむことができた。

かなりの疲れを自覚するほどの激戦だったからな。

気を使って貰えたのはありがたい。

風呂から出ると、先に風呂を使っていたアイダがソファーで倒れるように寝ているのを発見する。

「疲れているとはいえ、こんなところで寝たら風邪をひくぞ」

ため息をつきながらそう言うと、彼女の体を持ち上げる。

その重さは見た目相応で、改めて考えても、俺と格闘戦をした経験があるとは思えない。

軽い体を抱えて彼女の寝室まで連れていくと、ベッドに寝かせる。

その後は俺も自室に戻り、さっさと眠りについた。

眠ってからどれほど時間が経っただろうか。

俺は室内に誰かが入って来る気配を感じて目を覚ました。

それも、正面の扉からではない。

扉の向かい側にある窓からの侵入だった。

両手で頬を叩いてぼやけている視界をクリアにすると、枕元から短剣を取り出して抜く。

ベッドから起き上がったところで、月明かりに照らされる人影が目に入った。

闇に紛れるような褐色の肌と、反対に月明かりを反射して輝く銀髪。

間違いない。昼間出会ったダークエルフの女王、アンゲリカだ。

「アンゲリカ、どうやって……」

彼女には、この場所を教えていないはずだった。

仮に分かったとしても、厳重な警備が敷かれているだろうに。

「余はここしばらく、あの遺跡から出たことはなかったが、たまに魔法で領内を監視しておった」

つまり、ダークエルフの勢力圏は彼女にとって庭みたいなものということか。

「それに、戦勝で浮かれているのか警備も甘かったからの」

そう言いながら、アンゲリカはニヤッと笑う。

高度な召喚魔法を操るほどの彼女なら、兵たちの目を欺くことなど朝飯前だろう。

「理由は分かった。だが、あの傷からよく動けるようになったな」

「ふん、あのあと遺跡を崩しているお主に言われたくはないのう」

「不死身なら、最悪潰されても掘り起こせばいいしな」

そう答えるとアンゲリカは「酷い男だ」と言いながらベッドの横までやってくる。

俺も短剣をしまってベッドに腰かけた。

「それで、さっそくこれからの話か？」

「それもあるが、まずはこちらのほうが急を要する」

アンゲリカは俺が剣を突き刺した胸元を指さす。

赤熱化した剣で貫いたはずのそこは、今は殆ど塞がっていた。

ただ、痛々しい縦線の傷跡ははっきり残っている。

「おおかた完治させたが、さすがにここまでの重傷を治すのは手間でな。魔力のほとんどを使い切ってしまった」

「それでも、十分すごいと思うが」

とはいえ、心臓を焼かれて冷静に魔法を使える者などいない。

死ねないアンゲリカだからこそ、できたことだろう。

「いま頼みたいのは魔力の回復だ。完治させるのに手を借りたい」

「確かに俺は大規模魔法を連発しないタイプだから、魔力は余っているが……」

剣で戦うほうが得意だが、魔力量にはそこそこ自信がある。

量だけなら、魔法を主力として使うアイダにも負けず劣らずといった感じだ。

だが、俺は他人に魔力を渡す方法など知らなかった。俺が直接治癒魔法を使うという選択肢もあるが、彼女も使えるなら任せたほうが良いだろう。

「で、どうやって受け渡しするんだ。おとぎ話みたいにキスでもするのか？」

「ふふ、おしいな」

「なに？」

試しにふざけて言った言葉にそう答えられ、俺は眉をひそめる。

「最も効率的な方法は、直接、相手から魔力を受け取ることだ」

それから説明を受けるが、自らの一部に魔力を込めてそれを受け渡すらしい。

実体があるものに濃密な魔力を与えて、それを吸収するということだ。

そして魔力を込めるのは剣などよりも、自分の肉体に施すのが一番効率がいい。

それは魔法で身体能力を強化している俺も分かっている。

「相手と深く繋がっていればいるほど、受け取れる量は多くなる。要は……こういうことだ」

そう言うなり、アンゲリカは俺をベッドに押し倒す。

すっかり話し合いのつもりだった俺は油断していた。

彼女の動きに対応できず、すぐに倒されてしまう。

「おっ、おい！」

「ふふ、どうしたのだ。まさか童貞ということはないだろう？」

俺の制止の声も聞かず、彼女にそのまま馬乗りされてしまう。

俺に跨って見下ろしてくる姿は、まさに女王様という感じだ。

その美しい肉体は見ているだけでも良いものだが、彼女はさっそく動き始めている。

「まさか、余とするのが嫌という訳でもあるまい？　これでも体に自信はあるのだがな」

そう言いながら俺の股間に手を伸ばす。

ズボン越しに滑らかな動きで指が愛撫し、俺の興奮を高めていった。

伊達に長生きはしていないらしく、そのテクニックはリズをも上回る。

「くっ……別に嫌ってわけじゃない」

そう言って、やられてばかりで黙っていられるかと反撃にでる。

アンゲリカの腰に手を回して、その尻を揉む。

見た目は引き締まっていながらも、指が振れるとむっちりとした肉付きのよさが感じられた。

今まで触れたことがないほど気持ちのいい肌に、撫でているだけでこっちまで興奮しそうだ。

もう片方の手はもちろん、上のほうへ回した。

服の隙間から見える褐色の谷間に手を突っ込み、そのまま乳房を揉む。

こちらは尻以上に柔らかく、力を込めるとそのまま指が飲まれてしまいそうだった。

「ふっ、うぅ……やるではないか」

俺が愛撫で反撃し始めると、アンゲリカの声に艶っぽいものが混じる。

どうやら、快感を抑えるつもりもないらしい。

それとも、自分から感じたほうが俺を興奮させられると思っているのか？

だとしたら策士だな。

「はぁはぁ……どうしたのだ、これで終わりか？」

俺が少し手を休めると、彼女はそう言って言葉を投げかけてくる。

艶っぽい声で誘うように。そして、俺を挑発するように。

「上等だ、満足するまで付き合ってやるよ」

「んっ、あん！　ふふふ、いいぞ……」

乳首をひっかくように刺激すると、アンゲリカが体を一度震わせる。

女王然とした態度を崩さぬ表情と、体の素直な反応のギャップに興奮してきてしまう。

最初は、疲れているので適当にヤるかとすら思っていた。

だが、今はそんなものは吹き飛んで全力で楽しみ始める。

目の前の美女をより喘がせてやろうと、責めも激しくなっていった。

「どうやら、こちらのほうも準備がいいようだな」

俺の愛撫でほんのり頬を赤くしているアンゲリカ。

彼女はいよいよズボンに手をかけ、俺のものを引っ張り出してしまう。

「っ！　これはなかなかのものではないか」

そして、実際に俺のものを目にしたアンゲリカの表情が変わる。

ここまではあくまで、上からの目線を崩さなかった。

だが、俺が気に入ったのかさらに積極的に動き始める。

彼女は自分の胸元をはだけて巨乳を見せつけ、下もめくり上げる。

「魔力を貰う代わりと言ってはなんだが、余の体は存分に楽しんでもらって構わぬぞ。それなりに自信があるからな」

それなりに、というレベルではなかった。

普通に見るだけでも、天才彫像家の作った美術品のような美しさがある。その肉体が俺にしな垂れかかり、好きにしていいというんだから興奮しないほうがおかしいだろう。

「それじゃあ遠慮なく……」

その言葉通り、俺はさっそくアンゲリカの腰を両手で持つ。

そして、軽く浮かせると秘部に自分の肉棒を押し当てた。

すると、膣内で溜まっていたらしい愛液が肉棒にまで垂れ落ちてくる。

「もうずいぶんと濡れているな」

「余のことを淫乱だと思うか？　まあ、そう思われても仕方あるまい。最近は相手を見つけることもなく、結果的には溜め込んでおったからな」

アンゲリカのほうも俺に合わせて動き出し、自分から挿入するように腰を降ろし始める。

ほぐれ始めていた膣が、ゆっくりと肉棒を飲み込んでいく。

「くっ、キツイな……」

「ひあっ！　お前のものこそ、大きすぎるのではないか？」

最近は……などと言っていたが、かなりご無沙汰だったのだろう。

男に使われなかった膣内は濡れてはいるものの、肉棒を無造作に締めつけていた。

とはいえ、それは彼女の心のほうも同じようだ。

狭いところに大きなものを挿入させて、全体が刺激される強い快感を受けているに違いない。

その証拠に、俺の胸元に置かれている彼女の手、そこからわずかに震えが伝わってきた。

「はぁはぁ……これで、全部入ったか」

俺と彼女の腰がぴったりくっつくまで腰を動かすと、肉棒の先端が何か弾力のあるものにあたる。

とうとう最奥まで達したと思った俺は、そのまま腰を突き上げ始める。

「はうっ、んっ、くぅ！　いきなり手厳しいなっ」

「これくらいが普通じゃないか。アンゲリカのほうこそ鈍ってるんだろう？」

ベッドの反発を利用しながら下から突き上げていく。

アンゲリカの体が上下に揺れる度に大きな胸も揺れ、俺の目を楽しませた。

それに、責めを続けている内に中の具合もよくなってきたようだ、今まで凝り固まっているような締めつけだったのが、肉棒で突く度にほぐれていく。

柔らかくなった部分は、積極的に絡みついてきていた。

それまでの無造作な締めつけとは違う、こちらを搾り取るような、雌器官本来の動きだ。

「ふっ、んんっ、クニヒコのお陰でこちらも温まってきたぞ」

腰がスムーズに動くようになって、アンゲリカのほうも思い切り動き始めた。

俺の胸に置いた手へ力を入れ、そのまま腰を上下に動かす。

その動きに合わせるようにすると、今までの数倍の快感が俺にも押し寄せてくる。

膣内を刺激すると同時に反撃され、ぐんぐん俺の興奮も頂点へ上っていく。

中の凹凸が肉棒を刺激し、一突きする度に限界が近づいてくるようだった。

「はっ、はっ、くふぅ！　さすがに奥ばかり突かれると……っ！」

堪えるような嬌声が上から聞こえ、そちらに視線を向ける。

すると、きゅっと口を結んで快感に耐えているようなアンゲリカの姿があった。

経験では彼女のほうが上かもしれないが、今の状況ならこちらに有利だ。

俺は両手を腰から外すと、そのまま上に持っていき胸を揉む。

再び胸への愛撫を再開され、アンゲリカの体が震えた。

「同時になど……あっ、ああん！」

やはり、まだ多方向からの快感に対処しきれていないらしい。

俺はアンゲリカの胸の形が変わるほど強く揉み、それまで以上に激しく腰を突き上げる。

「クニヒコッ、そんなに激しくしては……」

「なんだ、イキそうなのか？　さっきまで余裕だったみたいだが、実はギリギリだったか」

「久しぶりだと言ったのに、お前が遠慮しないからだ。確かに好きにしろとは言ったが、本当に手加減がないとは……っあぁ！」

　話の途中にもアンゲリカは時折体を震えさせる。

　絶頂を抑え込もうという強靭な意思で保っているようだが、体のほうはもう限界らしい。

「ならさっさと楽にしてやらないとな」

　今まで好き放題に胸を揉んで楽しんでいた両手。それを動かして両方の乳首を弄る。

　これまでの興奮で硬くなっていたそこを、しごくように指先で刺激した。

「あっ、ひぃぃ！　ダメだ、それはダメッ！　ひゃっ、ああん！」

「随分可愛らしいな、そんな声も出せるのか」

　敏感な部分を刺激され、もはや我慢できないと声が漏れ始めた。

　女王の尊厳を守っていた心が徐々に崩れていき、ひとりの女として快感に喘ぎ始める。

「こんなにっ、上手い相手は初めてなんだぁ！　クニヒコの指でもっと弄ってほしいっ！」

「だんだん体のほうが素直になってきたな。俺はこっちのアンゲリカも好きだぞ」

　女王然としたしっかりとした姿も美しいが、快感に蕩けている姿はより興奮する。

　しかも、それを自分の手で成したとなればなおさらだ。

　俺は先ほどまでのアンゲリカとの違いを楽しみながら、最後の仕上げに取り掛かる。

「深く繋がっている状態で相手に魔力を渡せばいいんだよな。しっかり受け取れよ？」

「い、いきなり……ん、ちゅぷっ」

俺は胸を弄っていた手を離し、そのまま彼女の肩を抱いて引き寄せる。

体の上に倒れるようになったアンゲリカの顔を上げさせ、そのままキスした。

「んぅっ!? 前置きしてからしてほしいものだな。余もクニヒコのことは、悪く思っていないのだから」

最初は少し驚いた表情だったアンゲリカだが、すぐに気を取り直した。

そして、少し頬を赤く染めながら積極的にキスしてくる。

最初は唇が触れる程度だったものが、徐々に深く、貪るように。

俺も彼女の頭に手を回しながら、先に言われた通り、魔力を込めるよう意識をしながら唾液を送りこんだ。

「はむっ、ぢゅるる、こくっこくっ……すごいな、これほど美味な魔力は味わったことがない」

ふぅ、とようやく唇を離したアンゲリカの表情は、これまでの中でいちばんうれしそうだった。

「これならすぐにでも回復してしまいそうだが、ちともったいないな」

ふと見れば、先ほどまではっきり残っていた胸元の傷が薄くなっている。

「……別に上限はないんだろう？ だったら好きなだけ味わわせてやるよ」

「ふふ、察しのよい男は嫌いではないぞ」

アンゲリカは再び俺に唇を落とし、同時に腰をくねらせた。

膣内に収まっている肉棒が、絡みついてくるような刺激に先走りを漏らしてしまう。

「これほどのものを貰ってしまっては、余も本気を出さねば……な？」

「ああ、下のほうにもたっぷり飲ませるぞ」

「この盛りようでは飲み干せるか心配だが、受け止めきってみせよう」

両手で彼女の尻を掴むと、そのまま腰と共に動かし始めた。

一突きするごとに中から蜜が漏れ、褐色の肌から震えが伝わってくる。

行為が激しくなると、お互いに口数が少なくなる。

部屋の中には、俺がアンゲリカに腰を打ちつける音と、彼女の嬌声が響く。

「ふっ、はふっ！　クニヒコ、そろそろ……」

間近で俺を見下ろしているアンゲリカの目は潤んでいる。

今にも絶頂してしまいそうなのを必死に抑えている表情だ。

両手を俺の肩の横に置き、快楽を堪えるようにギュッとシーツを鷲掴みにした。その最中も、俺の胸板で彼女の巨乳が潰れている。

体の前面でその柔らかさを堪能できるのはいいし、仮にも女王たる彼女が表情を歪ませるほど追い詰めらているのがたまらない。

感じている彼女の顔を見上げながら、さらに腰を突き上げていった。

「しっかり押さえててやるから、全部受け止めろよっ！」

そう言って、アンゲリカの尻をもう一度強く掴む。

張りのある肌に指が沈み込むと、お返しのように彼女が抱きついてきた。

「はぁはぁっ！　よいぞ、全て余の胎の中へ……！」

次の瞬間、強烈に膣内が締めつけられ、それに合わせて俺も欲望をまき散らす。

「くっ、うぅぅ！　イクッ、あぁ！　余の胎の中が焼けてしまいそうだ……」

ドクドクと精液が注ぎ込まれていく中、アンゲリカは俺の体の上で気持ち良さそうに震えていた。

その様子に俺も満足する。

やがて膣内での射精が終わると、アンゲリカがゆっくり体を起こす。

未だに褐色の肌は色づいており息も荒いが、体の自由は取り戻したようだ。

「ふふ、本当にイカされてしまったな。最初はただ魔力を貰うだけのつもりだったが、ここまでとは思わなかった」

彼女は腰を少し動かすと、そのまま上げる。

肉棒が引き抜かれるが、中に出したはずの精液は一滴たりとも零れてこなかった。

「せっかく貰ったものだからな。無駄なくいただいたぞ」

そう言って微笑むと、俺の隣に横になる。そして、ポツリとつぶやく。

「……しかし、本当にもったいない」

「何がだ?」

「このままクニヒコと、利害関係だけで結ばれていることが」

アンゲリカは俺の腕を抱き寄せる。

「他にも何人か女を囲っているようだが、別に人数制限はあるまい?」

「おいおい……」

俺は彼女の提案に苦笑いしながら、アイダやリズにどう説明したものかと頭を悩ませるのだった。

十話　真実と葛藤

アンゲリカを抱いた翌日。

俺は自分の部屋にアイダとリズを呼んで、話し合いをすることにした。

もちろんふたり……特にアイダにはアンゲリカとの関係を聞かれたが、正直に抱いたと答える。

彼女はため息をついたものの、次の瞬間には対抗心むき出してアンゲリカを見ていた。

無論アンゲリカのほうも、面白そうに笑って見つめ返す。

強者同士の視線だけの戦いに耐え切れなくなった俺は、本題を引っ張り出してふたりのにらみ合いを止めるのだった。

「じゃれ合ってる暇はないぞ、ふたり共」

俺は席に座りながら、アイダとアンゲリカを牽制する。

「別にお前たちの睨み合いを見るために、アンゲリカと取引したわけじゃないんだ」

そう言いながら俺は、軽く服をはだけて胸元の刻印の跡を露出させる。

「アンゲリカはこの刻印に見覚えがあると言ったよな？　それについて聞かせてくれ」

目下、俺にとって最も重要なのが復讐だ。

俺を異世界に呼び出した教皇と、この刻印を刻んだフードの人物。

刻印について知っているというアンゲリカならば、これを刻める人物にも心当たりがあるだろう。

「へえ、刻印に見覚えが？　それは私も聞きたいわ」

さすがにアイダも刻印のこととなると最優先だ。俺たちの真剣な目を見てアンゲリカも頷く。

「では、約束通り話すことにしよう」

彼女はそう言って、少しくつろいだ体勢になると話し始めた。

「その刻印は、お前たちが言うところの光の神が、自分に忠実な兵士を作り出すために使うものだ」

「光の神が？　ということは、俺とアイダを相討ちさせようとしたのは、光の神そのもの……？」

まさかとは思っていたが、直接に神が関わっていたと知ってさすがに驚く。

「ふむ、話を聞く限り、そちらのアイダにも刻印があるようだな」

「ああ、彼女の正体は魔王だ」

そう言うと、今度はアンゲリカのほうが少し驚いたように眉を動かす。

「魔王だと……そうか、話には聞いていたが」

さすがに遺跡に引きこもっていたアンゲリカでも、魔王については知っているらしい。

作戦前からずっと気にはなっていたのだが、魔王と女王という闇の者の代表でありながら、お互いに引き籠もりだったので面識はないのだという。

「アイダにも刻印があるということは……ふん、さすがに奴も汚いな。それに、ずいぶんと気の遠くなるような謀《はかりごと》だ」

彼女は椅子に深く腰かけ、大きく息を吐き出す。俺はそんな女王に問いかける。

「アンゲリカ、そもそも光の神ってのはどんな存在なんだ？　お前たち闇の者との関係性なんかが、いまいち分からないんだ」

これまで人類の平和のために、闇の者を倒すというのがイルミナス教のスタンスだった。

実際に闇の者に人々が害されることもあったので納得していたが、いろいろと裏がありそうだ。

「アンゲリカならすべての始まりから見てきたと思う。お前から見たこの戦いの歴史を知りたい」

「そちら側とこちら側では、随分と認識に違いがあるようだからな。よいだろう」

彼女はそう言うと、空中に手をかざした。

そして、手で何かを掴む仕草をするとそのまま手前に引く。

するとその部分の空間がゆがみ、一冊の本が彼女の手に現れた。

「余が気まぐれにつけた記録書だ。ところどころ抜けはあるが、大まかな歴史は分かるだろう」

そう言いながら中身を読み上げ始める。

「時間は……そうだな、今から五千年ほど前か」

「ご、五千年っ⁉」

いきなり始まった壮大なスケールの話に、俺も驚いてしまう。

五千年となると、地球の歴史と比較してもかなりのものだ。

まして異世界なのだから、どんな時代だったのか見当もつかない。

「ああ、五千年前だ。後に光の神を名乗る者が、この星にやってきた」

「まさか、宇宙から？」

俺の質問に彼女は頷く。

「我々闇の者はそれ以前からこの星に住んでいたが、突然の侵略者に大慌てだったな」

当時のアンゲリカたちからしたら、本当に仰天モノだろう。

俺もこんなファンタジー世界で宇宙云々の話が出てくるとは思わなかったが、まあ太陽や月があるし、水平線も丸かったから宇宙もあるんだろうな。

「当然我らも抵抗した。奴の力は強力だったが、所詮は単体の存在だった。徐々に押し返していた」

だが、そのまま上手くいかなかったことは、今の状況が証明している。

「多勢に無勢だ。奴についた勢力も逃げ始め、それを見た我らは喜んだが、しばらく後にそれはやってきた」

アンゲリカはそう言いながら俺の刻印を指さす。

「奴はこの地上での新しい種族である人間に目を付け、それに刻印を刻んだのだ」

「人間を？　なるほど、生まれたばかりで何が味方かも分からない種族を利用したのか」

そして、自ら神を名乗って人々から信仰の力を集めたと。

「人間を味方につけた光の神との戦いは長期にわたり、この星に生きる生命体は消耗していった」

俺も試しに記録を見せてもらうと、たしかにそのように書いてあった。

「光の神はこの星に満ちるマナを吸収し、自らの力を増大させようとしていたようだ。刻印が刻まれた人間たちは強力で、そのままでは負けは見えていた。そこで余は光の神を封印することにした」

「封印？」

「ああ、その代償に死ねない体となってしまったが、まあ仕方ない」

彼女は苦笑すると、そのまま話を続ける。

「いろいろとあったが、結局封印は成功半分、失敗半分ということだ。奴の力が地上に及びにくいようにはなったが、完全に閉じ込めることができなかった。その結果、光の神はマナの吸収を続け、今も少しずつ地上のマナは減り続けている」

「マナが減っているのは、神の仕業だと……？」

今まで言われてきたこととは真逆だ。この話だと、光の者が侵略者で破壊者になっている。

「向こうはうまいこと歴史を改ざんしたようだが、余の存在がなくならない限り事実は残ってしまう。だからアレほど必死に、余を殺そうとしてきたのだろう」

アンゲリカの言葉に、カテリーナの姿が思い出される。

そういえば彼女は、いやにアンゲリカを殺すことに拘《こだわ》っていたな。

厳格な性格なのに俺に抱かれることを了承したり、遺跡でもアンゲリカの生死を気にしていた。

「もしかしてカテリーナは、直接、光の神に指示されていた……？」

だとすればあの強引さにも頷ける。だが、そこにアイダが口を挟んできた。

「ねえ、クニヒコ、本当にこの話を信じるの？」

どうやらアイダは懐疑的なようだ。

確かにいきなりこんな話だものな。アイダの心配も分からなくはない。

「だとしたら、どっちつかずのままで刻印の奴を探すのか？」

俺とアイダ、それにリズだけでは不可能だ。どうしても奴についての情報が要る。

「それは……」

「無理ではないかもしれないが、かなり難しいな」

俺がそう言うとアイダも頷いた。そして、俺はアンゲリカのほうに向き直る。

「とりあえず、あのフードの奴が光の神に近いというのは分かった」

五千年も前の力を使えるのだ、そうとう光の神に近いと言えるだろう。

「光の神が敵ということは、教会側にいても情報は得られそうにないな。俺はこっちにつく」

「ふふ、そう言うと思っていたぞ」

俺の返事に彼女は嬉しそうに笑う。

「余にとっても味方が増えることは良いことだ。残念ながら他の味方は壊滅状態だからな」

遺跡が崩壊し、アンゲリカが消えたことでダークエルフ軍の士気も大いに下がっているらしい。

今は森の中でゲリラ戦を仕掛けているが、いつまで続くのか怪しかった。

一方で枢機卿率いる本隊は、森の中へ突入を始めたようだ。

決着がつくのも時間の問題というところだろう。すでに戦力はなく、闇の者が逆転するには、教会の体制が揺らぐようななにかを手に入れなければならない。

「こんな不利な状況でこちらに味方しようなどと、お前もおかしな男だな」

「目的のためなら必要なだけ戦果を上げてやるさ」

そう言いつつ、俺はいよいよ教会と決別する意思を固める。元々こき使われていた相手だ、今さら未練はない。アイダとリズのほうを確認するが、彼女たちも俺を見て頷く。

「まあ、無抵抗な住人を縛り上げて監禁するような奴らだ。あまり好きな相手ではなかった。刻印の恨みもあるし、徹底的にやってやろう」

まずはこのまま教会の兵員と一緒に戦線離脱し、教皇を問い詰める。

フードの女の居場所を吐かせたら、襲撃して復讐する。その後どうするかはアンゲリカ次第だな。

「さて、始めるとしよう。ようやくだが反撃開始だ」

こうして、いよいよ教会との直接対決が始まろうとしていた。

十一話　魔王の嫉妬

アンゲリカによって衝撃の事実を知らされた俺たちは、これからの作戦を練る前に一休みすることにした。

俺は自室で、リズに飲み物でも持ってきてもらおうと考えていたのだが……。

「で、話ってのはなんなんだ？」

ベッドの端に腰かけ、目の前に立つアイダを見上げる。

部屋に入る直前、彼女に呼び止められて、ふたりきりで話がしたいと言われたのだ。

特に拒否する理由もなかった俺は、そのまま彼女を招き入れた。

ただ、話があると言っていた本人が、なんだかムスッとした表情のまま俺を見つめている。

いや、見つめているというか、睨んでいると言ったほうがいいだろうか。あまり心地よくはない視線だ。

魔王城で彼女と死線を繰り広げた身としては、嫌でも緊張せざるを得ない。

だが、意を決して彼女が口を開くと、予想外の言葉が出てきた。

「……邦彦、なんでアンゲリカを抱いたの？　詳しく説明してほしいんだけど」

「ああ、そのことか」

どうやら、アイダは俺が彼女を抱いたのがあまり気に入らないようだ。

あまり女心に敏感なほうではないけれど、ここで下手に誤魔化したりするのは拙《まず》いと理解して正直に話すことに。

「実はな……」

俺はアイダが納得してくれるように、なるべく客観的に物事を説明した。

すると、どうやらやむを得ない事情があったということを理解してくれたようだ。

少しだけ、身に纏った雰囲気が和らぐ。

「アンゲリカの傷を治すためというのは、分かったわ」

「そうか、よかった」

「でも、納得するかどうかは別よ！」

「なっ……おい、ぐっ！」

アイダはそう言うと、突然俺をベッドへ押し倒してきた。

そして仰向けになった俺の体を両足の間に挟むように立ち、上から見下ろしてくる。

「アイダ、アンゲリカとは事情があってそうなっただけで、別に深い関係になるとかは……」

「一度きりの関係で終わる訳ないわ、女だから分かるの。リズも理解してるわよ、言わないだけで」

「むぅ……」

アンゲリカとの会話を思い出すと、アイダの言葉を否定できない。

困っている俺に対して、彼女は獰猛な笑みを浮かべながら言った。

「でも、いいわ。邦彦くらいになれば女を複数人囲うのも仕方ないし。でも、後から来た女に先を行かれるのだけは嫌！」

「アイダ……」

「そのままジッとしててね邦彦。アンゲリカとのセックス、私が上書きしてあげるんだからっ！」

アイダは自分の服に手をかけると、一気にはだけた。

染み一つない真っ白な巨乳や、何度となく肉棒で貫いた秘部が露になる。

さすがに恥ずかしいのか顔を赤くしているけれど、躊躇している様子は見られない。

そのまま足を曲げてしゃがみ込むと、腰の上に跨るようにする。

「ちょっと、この格好は恥ずかしいわね。でも、こっちのほうがよく動けるから」

たっぷりとした胸を揺らしながら、むき出しの秘部を俺の股間へ押しつけた。

「ねぇ邦彦、私で興奮して？　アンゲリカよりもっと気持ちよくしてあげるから！」

「アイダ……ッ！」

いつになく積極的でエロい彼女の姿に、自然と下半身が熱くなってくる。

気づけば肉棒は完全に勃起していて、ズボンの中からでも秘部を貫きそうなほどだった。

「あはっ、もうこんなに硬くなってる！　じゃあ、さっそくしようか？」

アイダはすっかり慣れた手つきで肉棒を取り出すと片手で掴み、もう片方の手を俺の体に置いて安定させながら挿入していく。

「あっ、んんっ……はぁ、うぅぅっ！　はぁっ！　全部、入ってくるっ！」

挿入する瞬間、わずかにアイダが眉をしかめた。

彼女の中は予想以上に濡れていたけれど、まだ愛撫をしていなかったからかキツい。

それでも強引に肉棒を咥え込むと、そのまま腰を動かし始めた。

「はぁ、はぁっ！　んっ、どう？　邦彦っ！」

「凄いな、いつもよりキツいのにドロドロで……こいつは気持ちいいぞ」

アイダには悪いけれど、まだほぐれ切っていないキツい膣内も、たっぷりの愛液のおかげで俺にとっては楽園だった。

四方八方から肉棒を締めつけられて、その上大胆にピストンするものだから精液が搾り取られそうになる。

「邦彦、気持ちいいんだ……うふふ、じゃあもっと頑張るわ！」

俺の言葉を聞いて、アイダは嬉しそうに笑うとピストンのスピードを上げた。

パンパンと肉を打つ乾いた音が部屋の中に響き渡り、それに彼女の嬌声が混じる。

「んんっ、きゃっ、はぅぅっ！　邦彦の、奥まで当たっちゃうっ！　私の中全部、邦彦に満たされてるのっ！」

ピストンを続けるうちに、彼女も体も徐々に温まってきたらしい。

肉棒が膣内を押し広げる度、甘い快感に襲われているようだ。

「今のアイダ、すごくエロいぞ。今までいちばんだ」

「本当？　はぁんっ……頑張ってるんだから、それくらい思ってくれないと張り合いがないわよね！」

「ああ、本当に最高だ。……だから、俺もお返ししたくなる」

「えっ？　きゃっ！　ひゃうぅぅっ!?」

俺は彼女の動きに合わせるように腰を動かした。

そのせいで通常より強い刺激を味わったのか、アイダが大きな嬌声を上げる。

「だ、ダメよっ！　今は私がするんだからっ！」

「ああ、だから手伝うだけだ。でも、俺だってアイダと一緒に気持ちよくなりたいと思ってる。お前のことを大事に思ってるんだよ」

「うっ……」

彼女は発情とは違う色で頬を赤くしながらも、また腰を動かし始めた。

「じゃあ、最後まで付き合いなさいよね！」

アイダはそう言うと、一段と激しく腰を動かし始めた。

腰と腰がぶつかり合い、膣内で互いの性器がこすれ合う。

「くっ……これはすごいなっ！」

「はぁっ！　はぁっ！　邦彦っ、いっしょにイって！」

大きな胸を揺らしながら熱い視線を向けてくる彼女。その期待に応えないわけにはいかない。

「ああ、いっしょにイクぞ、このままっ！」

興奮がどんどん高まっていき、腰の奥から熱い欲望がせり上がってくる。

アイダの膣内もヒクヒクと震えて限界を訴えていた。

「イクッ、もうイクわっ！　ひっ、あうぅっ！」

「アイダッ！　中に出すぞ！」

「きてっ！　邦彦の子種、ぜんぶ私の中にちょうだいっ!!」

直後、限界が訪れると共に俺は射精した。

ドクドクと激しい脈動を伴って精液が噴き上がり、膣内を真っ白に染め上げていく。

「ひゃっ、あああああっ！　イクッ、イックウウゥゥウウウゥゥゥゥッ‼」

同時にアイダも絶頂した。

激しい快感に背を反らし、全身を震わせながら快楽の波に飲み込まれる。

膣内だけはギュウギュウと締めつけて、肉棒から精液を搾り取っていた。

すべての震えが治まると、彼女は疲れ果てたように俺の体の上へ倒れ込んでくる。

それは、くしくもアンゲリカと同じ形だった。

「はぁ、はぁ……邦彦、どうだった？」

ぐったりした様子ながら、顔を上げて問いかけてくる。

「最高だったよ。間違いなく今までで最高のセックスだった」

「ははっ、ふふ……ならいいわ、アンゲリカとのこと納得してあげる。これからも、ね」

そう言うと、疲れ切ったのかそのまま意識を失ってしまった。

「まったく、これはたとえ復讐が終わっても、気は休まらないかもしれないな……」

俺は苦笑いしながら、アイダを抱きしめつつしばし体を休めるのだった。

第三章　教会との決別

一話　逃避行

「さて、大まかな目標と手順は決まったが、今後どうするかだ」

休憩を挟んだ後に集まった俺たちは、机を囲んで作戦会議をすることになった。

結局教会を相手取って戦うことになったが、俺には正直に言って世界の真実などどうでもいい。

俺を勝手に召喚し、刻印を刻んでさんざんな目に合わせてくれたやつらに復讐する。

それが俺の原動力だ。アイダもきっと同じだろう。

刻印が光の神の力だというのなら、復讐する対象がもう一つ増えただけだ。

こんな奴隷の証のようなものを作ってくれた奴にも、しっかりと借りを返す。

「とりあえず教会本部に戻るのが最優先だ。教皇を押さえて知っていることを聞きだす」

光の神も今の状況では、昔のように直接地上に現れることができないらしい。

それなら、現状で最も権力を持っている教皇を押さえるべきだ。

トップさえ押さえれば、後は融通が利くはずだった。

「私もそれでいいと思うわ」

アイダが賛成し、アンゲリカも頷く。

リズはあくまでメイドという立場から、発言しようとしない。

「よし、それじゃあ決まりだ」

奇襲作戦の目標も達成していることだし、適当に理由をつけて教会本部に戻ろう。

厄介なカテリーナがついてこなければ、なお良い。

あいつは俺の刻印が解除されてから、さらに監視の目を鋭くしていたからな。

近くにいられると、事を起こしにくい。

「問題はアンゲリカだ。さすがにアイダと同じ手は使えないが……」

アイダの場合は、見た目が完全に人間だった。

それで何とかごまかすことができたが、アンゲリカは不可能だ。

「何か姿を変える魔法とか使えないか？」

「いや、知らんな。姿を変えなければならないような場合はなかった」

確かに、必要に迫られなければ覚える必要もないか。

アンゲリカはお忍びで下々の暮らしに混じるようなタイプでもないしな。

「分かった、何か考えよう」

彼女は重要な情報源であるとともに貴重な戦力だ。

敵の最重要目標でもあるし、ひとりにはしておけない。

「ふむ、最悪は荷物にでも紛れてもらって……」

そう考えていたとき、急に部屋の扉が開かれた。

いや、正確に言えば蹴破られた。

「っ!? なんだ!」

俺は一瞬で椅子から立ち上がって、机を蹴り上げて入口のほうへ倒す。

その間にアイダも素早く反応し、出遅れたリズを抱えて机の陰に入った。

そして彼女たちが隠れた直後に、こちらに向けて無数のボウガンが発射される。

鋼鉄の矢じりを持つボルトが机に突き刺さるが、幸いにも貫通はしなかった。

「手荒い客のようだな。クニヒコが招待したのか?」

「そんな訳があるか」

机の陰に隠れていない俺とアンゲリカにも何本かボルトが飛来するが、全て魔法で防御する。

射撃が終わった後、扉の奥に並んでいた射手たちの前にひとりの女が出てくる。

カテリーナだ。

「ごきげんよう皆様。今日はわたくしに内緒でお話しですか?」

いかにも上品で丁寧な言葉遣いだが、内心は怒っていることを察した。

その証拠に、握りしめられた手には異常に力が入っているように見える。

「それに、そちらのダークエルフ。いやに見覚えがありますわね」

「余も覚えておるぞ、全身から神気を溢れさせおって……」

カテリーナがアンゲリカを忌々しそうな目で見る。

逆に彼女のほうも冷たい目で見返した。

「あのときは遺跡の崩落で切羽詰まっていて考える余裕がありませんでしたが、首を持ち帰ろうとしないのはおかしいと思ったんですわ。そういえば、魔王城のときも……」

そして、カテリーナが先んじて行動を起こす。

「皆さん、アレは最早反逆者です。死体でも構わないから、捕まえてください！」

俺たちのほうへ手が向けられると、教会の兵士たちが一斉になだれ込んでくる。

「チッ、窓だ！」

俺は近くにあった椅子を窓に投げて、脱出路を確保した。

さらに、もう一度机を蹴って突入してくる兵士たちにぶつける。

「よし、行くぞ！」

俺はリズを抱え上げ、ふたりとともに駆け出す。

そして窓枠に足をかけるが、一瞬、下で銀色に光るものが見えた。

「ちくしょう、手配がいいな！」

踏みとどまった俺の前を、再び無数のボルトが通過する。

俺はそれに冷や汗をかきつつ、避けられたことに安堵する時間もなかった。

「下はダメだ、屋根伝いに行くぞ」

クロスボウは取り回しがいいが、弓矢より連射が効かない。

俺はすぐに、もう一度足を踏み出した。

そのまま窓から跳躍し、隣の建物に飛び移る。

アイダとアンゲリカも続いた。

「上に逃げる気ですわ、矢の用意を！　他の味方と連絡をとって、誤射に気を付けなさい！」

カテリーナの号令で兵士たちも一斉に動き出す。

「あまり時間がないな……」

隣の建物から屋根に上がった俺は、どこに逃げるか迷っていた。

敵の総数、つまり遠征部隊の数は五百人ほど。

先日の戦闘での損失や負傷で動けないものを減らすと、四百人といったところか。

軍艦の水兵が応援に来れば、その数はさらに増える。

決して大きくないこの街では、隠れることは不可能だろう。

「それなら余に任せてもらおう。よい道を知っている」

そう言うなり、アンゲリカは屋根の上を駆け始めた。

俺もそれに遅れないよう走り出す。

「そういえば、領内は魔法で監視していたんだったな」

「その通りだ。だから、こんな道も知っている」

アンゲリカについて裏道に下りると、そこにはまだ兵士が回っていなかった。

「奴らも着いて数日では、細かいところまで調べられないだろう」

そのまま先に進むと、街の中を流れる用水路に着く。

意外と綺麗な水の流れには何匹か小魚も見える。

が、重要なのはそこではない。

用水路の壁には、木製の蓋で閉じられた脇道があった。

アンゲリカはそこをこじ開けて俺たちを誘導する。

「暗いから気を付けるといい」

彼女の忠告に従い、魔法で光を灯すと先を進んでいく。

空気は少し湿っているが、道自体は乾いていて歩きやすかった。

「ここは用水路の水が多くなったときに、水を逃がす排水路だ。もうすぐ近くの川に出るだろう」

「ああ、光が見えた。急ごう」

それから一分後、俺たちは排水路の出口から川まで出た。

振り返ると、町のほうでは何やら騒がしく動いているのがわかった。

「どうやらまだ、俺たちが町の中にいると思っているみたいだな。さっさと遠くまで逃げよう」

「そうね、ここもいつまでも安全じゃないわ。アンゲリカ、どこかいい場所はある？」

アイダはドレスの裾を払いながらアンゲリカに聞いた。

「そうだな……ダークエルフの拠点がいくつかあるが、すでに敵に壊されているだろう」

「ダークエルフと合流するという手は？」

そのアイダの質問には俺が答える。

「大勢のダークエルフと合流すれば心強いだろうが、身動きが取りにくくなる」

俺たちは四人の内三人が、常人離れした身体能力を持っている。

それこそ走れば馬より速いくらいだ。

ただひとり普通の少女と同じリズも、俺なら楽々抱えられる。

「ご主人様、ご迷惑をお掛けしてすみません」

「謝らなくていい、お前は必要だからな」

少し申し訳なさそうなリズだったが、俺に必要だと言われて安心したらしい。

また体を丸めて、大人しくしている。

俺は彼女の体をもう一度しっかり抱え直すと、アンゲリカのほうに向き直った。

「それで、どこかに当てはあるのか？」

「一応候補はある。多少心配はあるが……」

それでも、俺たちには腰が落ち着けられる場所が必要だった。

アンゲリカに連れられて、俺たちは山奥に向かう。

一時間ほどは走り通しだっただろうか。切り立った山の中腹にその洞窟はあった。

「余が、あの遺跡に居を移す前に住んでいた場所だ。たまに整備はさせていたが……」

アンゲリカが分厚い石の扉を魔法で開くと、中に置いてあった松明に火をつける。

他の照明にも火を灯して、リビングだという場所も明るくするとなんとか落ち着けた。

「うむ、さすがに岩盤をくり抜いただけあって頑丈だな。以前と変わりない」

アンゲリカが石の椅子に座りながら、懐かしそうに言う。

俺も同じように椅子へ腰かけて一息つく。

「助かった、あのまま野宿じゃ気が休まらないからな。屋根と壁があるだけでもいいが、ここならより安心できそうだ」

「気に入ったのならば、連れてきた甲斐があるというものだ。ゆっくり休むとよい」

全力で逃走を続けていたからか、アイダやリズもかなり疲れているようだ。

ふたりいっしょに、毛皮の敷かれている長椅子へ横になっている。

こうして俺たちは、何とかカテリーナの魔の手から逃れることに成功した。

二話　反撃への下ごしらえ

四人それぞれが一息つくと、まずは腹ごしらえすることにした。

アンゲリカが引っ越した後、ここは臨時のシェルターとして使われていたらしい。

いくつか保存食があったので、いただくことにする。

手早くエネルギーを回復させると、後には問題が山積みだ。

「とりあえずの安全を確保できたのはいいが、現状はそれだけだ。他の部分は限りなく最悪に近い」

俺の言葉を否定する声はない。当初の予定は完全に崩壊していた。

教会の船は使えず、陸路を行こうにも障害が多すぎる。

裏切りがカテリーナにバレた状態で本部まで戻るのは無茶だった。

どう考えても途中で、教会の勢力に補捉されてしまう。

裏切りを気取られずに教皇へ近づき、人質にする計画はご破算だった。

「とはいえ、相手も四百と、水兵が百と少しではないか。このまま港を襲ってはどうなのだ？」

このメンバーであれば、アンゲリカの案も一理あるように思える。

だが、俺は首を横に振った。

「狙うなら、カテリーナじゃないとダメだ」

あの集団の実質的なリーダーであるカテリーナ。

彼女がいれば教会は本隊からも増援を送ってくるだろうし、その兵まで倒すのも面倒だ。

だが、それは向こうも分かっている。彼女には直属の護衛がいつもついている。

兵士よりもずっと手ごわい、精鋭騎士たちだ。

ただ手ごわいだけでなく、信仰の力で恐れもしらない。

遺跡の中でサイクロプスが召喚されたときも、恐れず向かっていったしな。

おそらくは最優先で傷も癒やされているだろう。味方にすると頼もしいが、敵にすると面倒だ。

「どちらにしろ、俺たちは少数だ。先手を打たれてしまった以上、行動にはかなりの危険が伴う」

どのような理由だったのか分からないが、バレてしまったものは仕方ない。

この上は、どうやって挽回するかだ。

そんなとき、食器の片付けをしていたはずのリズが慌てて戻って来た。

「ご主人様、外を見てください。あちこちから煙が」

「なに……？」

俺は立ち上がり、アンゲリカたちと共に外へ出る。

すると、確かにあちこちから煙が上がっていた。

それを見て何かに気づいたアンゲリカが、表情を苦くする。

「なにか分かったのか？」

「うむ、少し待て……」

彼女は自分の目を右手で隠すと、何か呪文を唱えた。

そして、一分もすると目から手を放す。

「見えたぞ。教会の兵士共、近場の村や町を焼いて回っている」

「なんだと……奴ら、俺たちをいぶりだそうってのか」

町中をあらかた探し終わったらしく、近くの町や村を襲っているらしい。

「ご主人様、出ていかれますか？」

リズがこちらを心配そうに見ている。

俺はそれに、首を横に振った。

「できれば助けてやりたいが、生憎手持ちの武器がない。さすがに俺も手ぶらで突っ込むのは無茶だ」

勇者の防具は生半可な攻撃を通さないが、かと言って無敵という訳ではない。

肌が出ている部分は弱点だし、四方八方から突かれればいずれ貫通されてしまうだろう。

「町に入り込まれている以上、住人が人質にされているだろうな」

正直、非情に成りきれる自信がないので出向く気はなかった。

「そうね、見ず知らずの人相手に命を張る必要なないわ」

アイダも俺と同じ結論のようだ。

「なんにせよ、まずはカテリーナを倒さないといけない」

俺がそう言うと、アイダたちも頷く。この冷酷さは彼女の指示に違いない。

今の状況を打破するには、それに尽きた。

別動隊の指揮官であり、高位の神官でもある彼女が倒れれば士気は落ちるだろう。

他の誰かに指揮権が渡る前に混乱させられれば、万歳だ。

そのまま部隊を壊滅させ、船を乗っ取ることもできるかもしれない。

「別動隊が壊滅したと知れば、本隊も迂闊に動かないだろう。森の中はダークエルフの独壇場だ」

すでにカテリーナの報告で、アンゲリカが倒れたという情報は伝わっているはず。

それなのに本隊が防衛線を突破できていないということは、女王亡き後でも、闇の者は善戦しているらしい。

本来ならここで別動隊が、ダークエルフの後背を突く手はずになっていた。

だが、当のカテリーナは俺とアンゲリカを探し出すのに夢中だ。

ある意味では、彼女の信仰心の強さに助けられた形だった。

「開けた場所に俺たちが現れれば、一直線に突っ込んできてくれるだろうな」

姿を現せば向こうから寄ってくるというのは、いい。

だが、問題はどうやって迎え撃つかだ。

アンゲリカは弓がないし、俺も新調した武器を宿に置いてきてしまった。

勇者の魔法強化に耐えうる剣となると、教会経由でもないと、なかなか手に入らないのだ。

それを説明すると、アンゲリカが何か思い出したようだ。

「待て、確か使っていなかったそれなりの武器が、ここにあるはずだ」

彼女が洞窟の奥に向かって歩き出し、俺たちはそれを追った。

「ここにあったものも、遺跡に移したんじゃないのか？」

「自分では使わないと思ったものは、いくつか置いてあるはずだ」

幾つか角を曲がると、頑丈な鍵のついた鉄の扉が現れる。

「鍵か、生憎と持っていないな。だが、ここは元とはいえ余の家だ。主人の帰りを妨害するなど許されん」

彼女はそう言って、扉に蹴りを加えた。

何気ない一撃に見えたが、当たった瞬間大きな扉がぐにゃりと歪む。

そして、次の瞬間には内側へ向けて吹き飛んだ。

「……少しやりすぎたか。中の物が壊れていなければいいが」

アンゲリカに続いて中に入って行く。

どうやらここは倉庫らしい。

ほとんどの物が運び出された後だが、いくつか木箱や鉄製の箱が残っている。

そして壁には、様々な種類の武器がかかっていた。

だが、アンゲリカはそれに目もくれず、いちばん奥の木箱に近寄る。

そして、それを持ち上げると戻って来た。

「やはり残っていたらしい。余は剣を使わぬし、誰かにやるわけにもいかなかったからな」

そう言いながら、近くの机の上に箱を置く。

それから俺のほうに向けて、箱を開けた。

「これは……たしかに剣だな。だが、やけに小さくないか？」

箱の大きさに対して、中にあった剣は小さすぎた。

キーホルダーについているような、玩具のようなサイズの剣だ。

これでは、ペーパーナイフくらいにしかなりそうにない。

「まあ、とにかく手に持ってみるがいい。それで分かる」

アンゲリカに促され、剣を取る。

すると、今までミニチュアサイズだった剣が、みるみる大きくなってきた。

最後には、片手で振るうにちょうどいいサイズの直剣になる。

「私が親から受け継いだものだ。持ち主に適した大きさと形に変化する」

「ほう、面白いな」

例えば最初は片手で握っていたが、両手で握ると刃の長さと厚さが少し増した。

重量は重くなったが、相手に与える打撃は強化されるだろう。

どうやら握る力によって形が変わるらしい。増えた重量も両手で扱う分には問題ない。

「それに、かなり丈夫なのも特徴だ。岩山の下敷きにされ、大河の激流に飲まれても傷一つつかないということだ」

「なるほど、俺にピッタリな剣だな」

派手さこそないが、剣に魔法を込めて高負荷をかけながら戦う俺には、頑強さは嬉しい限りだ。

「これで上手くやれそうだ。俺が使ってしまっていいのか？」

何しろ、彼女の親から譲られたという逸品だ。どれほどの年代物かわからない。

「気にすることはない。武器は、使い手に振るってもらってこそ本望」

「そうだな。だが、アンゲリカの武器は？」

見たところ、部屋に弓矢の類《たぐい》はない。

召喚魔法を使ってサイクロプスを呼び出すあたり、魔法使いとしても優秀なんだろうが。

だが、ダークエルフである以上は、一番ポテンシャルを引き出せるのは弓のはずだ。

「それならば問題ない」

なんでもないように言うと、彼女は軽く手を前に持ってくる。

「さあ、余の元に帰ってくるがよい」

右手をがっしり握ると、その空間が歪む。

そのまま引っ張ると、彼女の手の中には俺との戦いで使っていた弓があった。

「この世にある物なら、異世界から召喚するより容易い。余が所有者の物ならば、なおさらだ」

そう言って薄く笑うアンゲリカ。

「それに、こいつも本来の使い手である余の元に戻ってきて、喜んでいるであろうよ」

彼女はそう言って軽く弓を撫でた。

俺は苦笑いしながら、今頃カテリーナは怒り心頭だろうなと想像する。

「今のカテリーナなら簡単に挑発に乗ってきそうだ。さっそく出発しよう」

「待て、クニヒコ」

部屋から出ようとした俺を、アンゲリカが止めた。

「どうした？」

「お前にはもう一つ渡すものがある。出発は明日にして、今日は英気を養え」

「……分かった、そうしよう」

いつになく真剣な彼女の表情に俺も頷く。村々が心配なのは、彼女がいちばんだろう。

その彼女が言うのだ。なんでも受け取っておこう。

そうして、出発は明日として、その日の夜は早めに休むことになったのだった。

三話　決戦前夜

新たな武器を手にした日の夜。

俺はあてがわれた寝室で休んでいた。

といっても、前日までいた宿とは比べるべくもない。

それでも、ベッドが多少硬いだけで、屋根壁のある場所で寝れるだけ上等というものだ。

以前、勇者として旅をしていたころは、テントを張ることもできない状況が何回もあったからな。

それに比べれば天国だ。

横になって、さっそくまどろんできた意識に身を任せようとする。

だが、そんな俺を覚醒させたのは部屋の扉が開く音だった。

そのまま中に入ってきた人物は、俺に声もかけずしっかり鍵をかけると、そのままベッドまでやってくる。

「クニヒコ、まだ寝ておらんだろうな？」

その声で、すぐに相手がアンゲリカだと分かった。なんだか、前にもこんな感じだったような。

俺がそちらを見ると、彼女と目が合う。

「もし先に寝ていたら、叩き起こしていたところだ」

「何か重要な話でもあるのか？」

ベッドから体を起こし、俺は問いかける。

「うむ、先ほど渡すものがあると言ったであろう？」

「そうだな、それを今？」

渡すだけなら、明日の朝でもよさそうだ。

とすると、他のふたりには見せたくない物なのだろうか。

「少し特殊なものでな、そう簡単に渡せるものではないのだ」

彼女はそう言いながら、ベッドに上がってくる。

そのまま俺の隣まで来ると、彼女は自分の胸に手を当てた。

「渡すものというのは、余の中にある」

「体に？　まさか臓器とかじゃないだろうな……」

「ふふ、心配するな。要は体のなかに巡っている魔力だ」

その言葉に少し安心するが、同時に疑問もあった。

「俺の魔力は現状足りているぞ。アンゲリカのほうこそ、回復を優先したほうがいいんじゃないのか？」

前回はアンゲリカの回復魔力不足を補うためにセックスしたが、今はその必要がない。

それに、渡されるのが俺のほうというのは、どういうことだろうか。

その疑問が顔に出ていたのか、アンゲリカのほうから説明してくれた。

「純粋に魔力を補給するだけではない。余の魔力に宿る加護を分け与えるのだ」

「加護だって？」

聞き返した俺に彼女は頷き、説明を続ける。

「光の神が余を抹殺したいと思っているもう一つの理由であり、死ねない体になった原因でもある」

光の神がアンゲリカを殺そうとしているのは、歴史の真実を知っているから。

それに加えて、もう一つあったのか。

「人間が生まれる前からこの星に住んでいたダークエルフには、この地を守るという役目がある。それ故に、この地の外から来た者に対して、余の魔力は強烈に働くのだ」

「この地の外……光の神は数千年前にこの星にやってきたと言っていたな」

「そう、この力で一度は退けたものの、次は人間を手先に攻めてきおった」

忌々しそうに言うアンゲリカ。

人間はこの地で生まれた種族。

アンゲリカの魔力の加護は効かないというわけか。

「光の神か、その直接の加護を受けた者と戦うときに、大きな助けとなるだろう」

「それはありがたいな。だが、俺にとってはその過程も少しばかり重要だったりするんだ」

俺はそう言いながら彼女の肩に手を回し、そのままベッドに押し倒す。

「んっ……やはりこうなるか」

どこか予想していたようにアンゲリカが薄く笑う。

「魔力を受け渡すには、こっちのほうが都合がいいだろう？」

倒れた彼女の頭の横に両手を置き、見下ろすようにしながら言った。

「加護を分け与えるだけなら、少量でよいのだがな……はっ、んん！」

不都合なことを言おうとする口を自分の唇で塞いだ。

アンゲリカも一瞬目を見張るが、すぐに力を抜いて自分から俺の頭に手を回してくる。

彼女の魔力が流れ込んでくるのを感じながら、俺は手も動かし始めた。

邪魔な衣装をずらし、その豊満な胸を鷲掴みにする。

「ぷはっ、ふぅ、容赦がないな」

長いキスから解放されたアンゲリカが、早くも快感に濡れた瞳で俺を見上げてくる。

「これから憎い相手との決戦なんだ。魔力は多いほうがいいからな」

「それはそうだが、余の魔力を吸い尽くさないでほしいものだ」

「なら、せいぜい繋ぎ留めておくんだな」

肉体が深く繋がれば繋がるほど、魔力が移動しやすくなるのは体験済みだ。

体の相性がよいと、勝手に魔力が流れ出てしまうので注意も必要だが。

俺は胸を弄っていた手を離すと、そのまま下半身に向ける。

そして、服の隙間から差し込んで愛撫を始めた。

「あんっ、んん……」

指を秘部に入り込ませ、優しく刺激していく。

この快感にも慣れてきたのか、彼女は俺に体を任せるように力を抜く。

こちらもその期待に応えるために、いっそう愛撫を丁寧にした。

「よく濡れてきているな、もう大丈夫じゃないか」

「クニヒコがネチネチと、いやらしくするからではないかっ」

「ここから今まで以上にいやらしくなるんだから、そう言っていられないぞ？」

興奮で呼吸が荒くなってきているアンゲリカにそう言う。

そして彼女の足を少し開かせると、そこに腰を割り込ませた。

「くっ、こんな格好……」

大きく足を広げて、俺を受け入れているアンゲリカ。

傍から見れば確かに恥ずかしいだろうが、じきにそうも言ってられなくなる。

俺はすでに硬くなっている肉棒を取り出し、彼女の秘部に押し当てた。

「っ！　すごく熱いぞ、体が焼けてしまいそうだ」

敏感な部分に熱を感じて、アンゲリカは体を硬直させた。

その反応を見て満足しながら、ゆっくりと腰を押し進めていった。

「くあっ、キツい……」

すでに一度は挿入したはずなのに、彼女の締めつけには慣れない。

引き締まった体からくるそれは強烈で、腰の奥から絞り出されそうだった。

中の凹凸が肉棒に絡みつき、堪えがたい快感を与えてくる。

アイダやリズに、負けず劣らずの名器だ。

「相変わらずの、すごい締めつけだな」

「お前のものが大きすぎるのだ……うっ、あぅ」

大きいと言われるのは嬉しいが、さすがにこのままだとすぐに終わってしまいそうだ。

それは少し回避したい。

いくら気持ちいいと言っても、俺にだってプライドくらいはある。

それから俺は、彼女の中を慣らすようにゆっくり動き始めた。

「中が、奥まで押し広げられて……っ！」

完全に勃起したものが、徐々に奥まで入っていく。

アンゲリカのほうは、自分の体が押し広げられるような感覚を味わっているだろう。

「どうだ、だいぶ中もほぐれてきたか？」

「こんなに硬いものを入れられて、そう簡単に慣れるわけ……」

どうやら、まだまだのようだ。

だが、俺のものはもうすぐ奥まで到達する。

最後の一線を越えるように、一段強く腰を進めた。

「ひぐっ！　あっ、ああ……全部……入ってしまった」

こつんと先端が、子宮口にまで到達した感触がした。

アンゲリカは、根元まで収まっている俺の肉棒を見ている。

そして、自分の中を隅々まで満たされていることに興奮しているようだ。

「うっ、余の中がいっぱいになってしまったぞ。まだ昨晩のものが、中に残っている気がするというのに……」

そういえば、あの夜から一日しか経っていないのだったな。

カテリーナに部屋に踏みこまれ、教会勢力から逃げ回った。

なかなかハードな一日だったからな。

「それなら、すぐに新しいのを入れてやる」

「この……明日はそのまま戦えというのか？」

「それでもいいぞ、なかなか面白そうだからな」

「変態め……」

アンゲリカは俺を責めるように見ながら言うが、その頬は紅潮していた。

どうやら言葉ほどには、嫌がっているというわけではないらしい。

その証拠に、膣内も徐々に濡れてきていた。

俺の動きもスムーズになり、責める勢いが増していく。

「ん、んぅ……心なしか、動きが速くなっていないか？」

「中が、いい具合に濡れてきているからな」

アンゲリカが感じて濡らしているからだと言ってやると、彼女も羞恥を覚えたのか顔を逸らす。

俺はその綺麗な顔が快楽に染まっていくのを見ながら、強く責め続けた。

一突きごとに彼女の体が震え、快感が深まっていっているのが分かる。

じんわりと汗をかき、しっとりし始めた肌に触れると熱さが伝わってきた。

「はぁはぁ……クニヒコ、少し休ませてくれぬか」

「どうしてだ、いいところなのに」

「そ、それを余に言わせるか？」

アンゲリカは一応平静を保ちながら答えているが、交わっている俺にはそれが上辺だけだと分かった。

彼女の体の中では、マグマのような快感が溜まってきている。

それが彼女の体を焼くように、快感を隅々まで行きわたらせているのだ。

今の段階でも、腹や太ももに触られただけでもビクッと反応するのを隠せない。

体中が敏感になっていって、その内、触れられるだけでも軽くイってしまいそうになるだろうな。

「意地悪だな。性格が悪いと言われないか？」

熱っぽくそう言うアンゲリカの表情を楽しみながら、さらに腰を動かす。

「くふっ！　あっ、んん！」

「元はここまで意地が悪かった訳じゃない。ちょっと旅の途中で嫌なことがありすぎただけだ」

奥を突かれて嬌声を漏らす彼女にそう話す。

少し前まで一般人だった男が、いきなり異世界召喚され、勇者として悪を退治だ。

そんな展開に燃えられるならよかったが、俺には生憎とそんな気力は残っていなかった。

せめてもの反抗も刻印の力でねじ伏せられ、後は唯々諾々《いいだくだく》と従うだけ。

元の世界で仕事に追われているときのほうが、まだ自由があった。

「勇者ってのは、思っていたより気持ちのいいものじゃなかったってことだ」

長旅の中では、衣食住もままならない状況だってある。

そんな中でも勇者としての振る舞い求められたのだから、やってられない。

まるで自分という人間が溶かされ、勇者という金型に流し込まれて作り直されるようだった。

少しずつだが、自分が擦れていくのが感じられた。

「急に疲れた顔になりおって、なかなか苦労したようだな」

アンゲリカが俺の背中に手を回し、抱き寄せてくる。

そのまま抱きしめられると、少し心が楽になった気がした。

「年上の余裕ってやつか？」

「まあ、それなりに修羅場もくぐっておるからな」

見た目は同じくらいだが、こいつのほうがはるかに年上だったな。

精神年齢は肉体年齢に引きずられるというが、さすがに数千年も生きていると経験の厚みが違うらしい。

「しばらく甘えてくれてもよいのだぞ？」

「まさか、そこまで弱いつもりはないよ」

それでもベッドの上では、俺のほうがリードできる。

子供のように甘えている訳にはいかないだろう。

何より今のアンゲリカは、共に戦うパートナーのひとりだ。

弱みは極力見せたくない。

「それなら、こっちでも遠慮は要らないかな？」

アンゲリカの腰をしっかりと掴み、腰を動かしていく。

「あうっ、ひゃ！　そうやってまた誤魔化して……！」

一気に膣奥まで貫かれ、アンゲリカが悲鳴を上げた。

俺はそれにも関わらず腰を動かし続ける。

部屋に彼女の嬌声と、体のぶつかり合う音が響いた。

勢いよく腰を動かしているからか、かき出された愛液がシーツを汚してしまう。

だが、それも気にせず目の前のアンゲリカを犯し続けた。

「ク、クニヒコ……本当にもうっ！」

俺の下から、アンゲリカの焦ったような声が聞こえる。

ここまで平静を保っていた彼女が、慌てるほどだ。

もうかなり限界が近いのだろう。

触れている体からも、その熱と震えが感じられた。

息も徐々に荒くなってきて、まさにイク寸前といった感じだ。

「もうそろそろ限界か、だったら最後に気持ち良くしてやるさ」

ここまで冷静さを保っていたのは驚きだが、もうおしまいだ。

片手で胸を弄りながら、腰を打ちつけていく。

胸も昨夜と比べてだいぶ敏感になっているし、実際に、触れるだけでも感じてしまうようだ。

彼女はとろけた表情で俺のことを見上げてくる。

「もう限界だ、クニヒコッ！」

「ああ、俺ももうイクぞ。最後はいっしょだ」

限界まで深く繋がっているからか、先ほどから魔力がどんどん流れ込んでくる。

どうやら本当に、流れ出すのを抑えられないほど気持ちいいらしい。

それほど感じてもらっているのは嬉しいが、このままだと再びアンゲリカが魔力切れになってしまう。

俺のほうからも魔力を送りながら、ラストスパートに入った。

パンパンと破裂音のような音を響かせながら、腰がぶつける。

ガチガチになった肉棒が彼女の中を蹂躙していく。

「ひゃうっ、あっ、あん！　燃える、体が燃えてしまいそうだ！」

快楽の炎に焼き尽くされようとしているアンゲリカ。

俺に体に手を回しながら、必死に耐えているのが分かる。

俺のほうも抱き返しながら、自分にも限界が近いことを悟った。

激しく責めている俺のほうも、その実、アンゲリカの名器に責められているも同然だからだ。

「イクッ、もうイってしまう……うぅ！」

「俺もだ、アンゲリカ、受け取れ！」

最後の最後にいちばん奥まで突き込み、そのまま上がってきたものを開放した。

アンゲリカは、自分の中に子種が吐き出された感覚に一瞬体を強張らせた。

だが、その後は俺の背に回した腕から力を抜く。

「うっ……はぁはぁ……」

そのままますべてを受け止めた彼女を眺めつつ、俺もベッドから体を起こした。

「また中に出されてしまったな」

そう言いながら、下腹部を撫でる彼女はどこか満足そうだ。

「アンゲリカのほうこそ、慣れてきたんじゃないか？」

「さあ、どうだろうな」

俺の問いをはぐらかす彼女だったが、その声音にはどことなく恥ずかしさが見て取れた。

アンゲリカもさすがに生娘ではなかったようだが、数百年、下手をすれば千年単位でご無沙汰だったらしい。

見た目の成熟具合に似合わぬ、キツい締めつけはその為だ。

油断をすれば、あっという間にイカされてしまうだろう。

その気持ちよさは何度でも堪能したくなるが、しかし……。

「このままもう一戦……という訳にもいかなそうだな」

「すまないな、どうも足腰がいうことを聞かぬ」

上半身は自由なようだが、腰から下が思うように動かないらしい。

どうやら絶頂が深すぎたようだ。

俺は体やシーツの汚れを魔法でさっと取り除くと、そのまま横になる。

アンゲリカのほうも、こちらに体を寄せてきた。

「それでどうするのだ？　相手は数百は固いだろう、それも精鋭だ」

一息ついた後、彼女のほうからそう切り出してきた。

俺も、ピロートークに相応しい気の利いた話題も思い浮かばないので、それに乗っかる。

「固まっていればアイダの魔法で一網打尽にできるんだが、それは無理か」

「無理だろうな」

俺の考えに彼女も同意のようだ。

アイダの正体はまだバレていなかったようだが、すぐに疑われるに違いない。

何せアンゲリカのときと、決戦のあとの状況が同じだからな。

魔王の場合は、一対一で戦っていたからなおさらだ。

カテリーナならもう、アイダを魔王だと想定しているだろう。

魔王が魔法を得意としていると知っている向こうも、対策は取ってくるに違いない。

対魔王戦でも、盾を持つよう俺にアドバイスしたのはカテリーナだった。

「まあ、それはその場その場で利用できるものを探し、何とかするさ」

「随分と曖昧なのだな」

「旅の中での戦いは、大抵がそんな感じだったからな」

勇者としての旅は、魔王城へ向かいつつ、道中で突き当たった問題を柔軟に解決する必要があった。

だから、そんな緩い方針で進んでいたのだ。

戦うための訓練はやらされたが、千差万別の戦場でどうやって戦うかなど、学んだことはない。

そういうことはカテリーナたちが考えていたが、二年も経つと経験で分かるようになってきた。

「後は、実際に何が起こるかだな。こればかりは行ってみないと分からない」

「ならば、不測の事態が起こったときのために、準備しておこうか」

それからふたりで体を寄せ合い、しばし語らうのだった。

四話　教会との戦い

翌日、俺たちは装備を整えて山を下りた。

今回は戦えるアイダとアンゲリカだけでなく、リズもいっしょだ。

「リズ、本当についてくるのか？」

「もう逃げる場所はありません。そうですよね？　でしたら、最後までご主人様といっしょにいさせてください」

その覚悟を持った彼女の言葉は俺も否定できなかった。同行を許し、今は俺の後ろを歩いている。

「絶対に俺の前に出るなよ。戦闘が始まったらアイダのそばにいろ」

「かしこまりました」

さすがの彼女も、戦闘中の俺についてくることはできないだろう。

アイダは基本的に後衛だし、狙われても強固な防御魔法が使える。

彼女の近くにいれば安全だろう。

「アイダ、リズのこと任せたぞ」

「ええ、自分で家事をするのは避けたいもの」

その言葉に苦笑するリズ。アイダはあまりやりたがらないものな。

まあ、過度に緊張していないということは分かったのでいい。

「そろそろ到着だ」

俺がそう声をかけると、全員が気を引き締める。

そして、山の麓の比較的開けた場所に出た。

「向こうもそろそろやってくるのではないか？　派手に目印を上げたからな」

振り返ったアンゲリカの視線の先には、黒煙がモクモクと上がっていた。

「あれならカテリーナたちも気づくだろうからな」

燃えているのは、洞窟内に保管されていた資材だ。それを持ち出して派手に燃やしていた。

煙は空高くまで伸び、遠くからもよく見えるだろう。

それはつまり、カテリーナの部隊も絶対に発見しているはずだということだ。

そして、山に登るのに大人数が通れるのは、この付近しかない。

「そろそろ来るぞ、気を付けろ」

全員に注意を促し、正面を見据える。

すると、徐々に足音と馬のいななき声が聞こえてきた。その音は徐々に大きく、多くなっていく。

そしてついに先頭の兵士が見えた。間違いない、別動隊の兵士だ。

向こうもこちらに気付いたのか、大きな声を上げて仲間に知らせているようだ。

前方がざわざわと動き始める。

「よし、始まるぞ。全員配置につけ」

配置といっても、さして特別なものではない。

俺が前衛、アイダとアンゲリカが後衛だ。

ちょうどトライアングルのような形で並んでいる。

リズは言いつけ通り、アイダの陰で小さくなっているようだ。

これなら心配はないだろう。そのとき、正面の歩兵を割って数騎の馬が出てくる。

カテリーナとその護衛の騎士だ。

「ふふふ、見つけましたわ。こんなところで棒立ちなんて、わざわざ捕まりにきたのですか?」

いつものようにシスター服をきっちり着込み、俺たちを見下ろしている。

その目は爛々としていて、明らかに危険な輝きを放っていた。

「お前のほうこそ、随分探し回ったらしいな。しっかり寝てるのか? 目の下に隈ができてるぞ」

どうやら休みなく探し回ったらしく、軽い疲労が見えていた。

だが、相手も屈強な聖職者だ。多少休めないくらいでヘタレては、以前の旅は続かなかった。

「問答無用、速やかに目標を捕獲してください、死体でも構いません」

カテリーナの号令で、さっそく兵士たちが襲い掛かってくる。

それぞれ武器を持ち、必死の形相だ。俺を殺す気で斬りかかってくる。

「やれ、殺せ!」

「奴が勇者クニヒコだ、討ち取って手柄を上げろ!」

敵兵たちが雄たけびを上げながら突っ込んできた。

「よし、各自、自由に撃て。ただ、俺のいるところには当てるなよ?」

そう言い残して、俺はその場から駆けだした。特別な役割はない。それぞれが自分の攻撃範囲に入ってきた敵を倒すというだけの作戦だ。

「お互いに、連携の訓練なんかしている暇もないしな、これがいちばんんだ」

俺は走りながら、腰に下げていた剣を抜く。アンゲリカから譲られたものだ。

すでに使いやすい大きさになっていたそれを一振りして、こちらに突っ込んでくる敵兵に切りつける。

「ぐあああっ！」

俺の接近に反応できなかった先頭のひとりが、まず倒れる。

そして、呆然としている奴らに次々斬りかかった。

「速いぞ、気を付けろ！」

「動きが見えない!?」

「やめろ、武器を振り回すな！　味方に当たる！」

相手の懐に入り込んだのが功を奏した。

向こうは同士討ちを恐れて、自由に動けないでいる。

俺は手に持った剣の長さを短く変えると、そのまま他の兵士たちも突き倒す。

こういうとき、長さを自在に変えられるこの剣は便利だ。

「よし、このまま……っ！」

そこで視線を感じて頭を上げると、少し離れた場所にクロスボウを持った弩兵が待機しているのが見えた。

「チッ、見境なしか！」

俺は咄嗟にしゃがみ、近くに倒れていた兵士の死体を盾にする。

その直後、押さえている兵士の体に何本もボルトが突き刺さった。

幸い貫通はしなかったものの、かなり危ない思いをした。

「邦彦、その場を動かないで！」

起き上がろうとしたところでアイダが俺に声をかけた。

そのまま地面に踏ん張って耐衝撃姿勢を取ると、一瞬目の前が真っ白に染まる。

彼女の両手から波打つ電撃が放たれ、それが雷のようにジグザグに動きながら敵兵に向かう。

雷速の攻撃に避ける間もなく直撃されてしまった敵は消し炭になる。

さらにアイダの背後に大きな火球が展開され、そこから放射状に敵兵に機関銃のような炎弾の連射が見舞われた。攻撃を行う度に元となっている火球は小さくなっているが、アイダはそれが消える前に新たな火球を生み出す。

アンゲリカの遺跡で使っていたような、力をセーブしていたときとは違う大規模魔法だ。

無数の魔法で相手を近づけずに押しつぶす、彼女本来の戦い方だった。

「魔法です！　クロスボウは盾の後ろに！」

カテリーナが馬上から冷静に判断を下す。すぐさま分厚い盾を持った十人ほどの兵士が出てくる。

それらはアイダと弩兵の間に入って、防御体勢になった。アイダも大技でなければ、あの数は崩せないだろう。

だが、敵もさすがに精鋭で、アイダに長い詠唱をさせる隙を与えないようクロスボウで射撃する。

「ふふ、それでは防御が甘いぞ」

今度はアンゲリカが弓を構えた。

魔力で作り上げた矢をつがえると、そのまま放つ。

「なっ、あの弓は……軍艦で厳重に保管していたはず！」

自分の手に落ちたはずの弓が元に戻っているのを見て、さすがのカテリーナも困惑したようだ。

どうやら、取り戻されたことには気付いていなかったようだな。

「カテリーナ様、危ない！」

そのとき、護衛の騎士が手を伸ばして彼女を馬から引っ張り下ろす。

次の瞬間、彼女の頭上から矢が降り注いだ。

アンゲリカが放った魔法の矢が、上空で数十に分裂したのだ。

鎧姿の兵士や騎士に効果は薄いが、防御の薄い弩兵はこの攻撃で次々倒れた。

「くっ、おのれ！　わたくしが直々に神の裁きを受けさせて差し上げますわ！」

矢の雨が止むとカテリーナは立ち上がり、短く何かを祈った。

すると、教会側の兵士たちを淡い光が包む。

「我らが光の神にご加護を賜りました。もう恐れるものは何もありません」

「おお、ご加護が……」

「すごい、体が軽いぞ」

どうやら全体強化系の魔法らしい。厄介だな。

「何をボサッとしているのです、反撃しなさい！」

その言葉で、再び向こうから攻撃が始まる。

「相手は少数です、囲んで叩きなさい！　二班は左、三班は右から！」

矢継ぎ早に指示を出すカテリーナ。ほんとうに、憎らしいほど優秀だな。

彼女の命令に従って、兵士たちがこちらを包囲しようとしてくる。

俺としては早めに左右どちらかを叩きたいが……。

「ええい、邪魔だ！」

次から次へと襲い掛かってくる兵士に、最前線で手を焼いていた。

俺からすれば、さほど強いという訳ではない。

しかし、神の加護とやらで能力が強化された兵士たちは、元から先頭のプロばかりだ。

最初の集団こそ上手く潰せたが、二つ目以降はなかなか手を焼いていた。

負けることはあり得ないが、易々と突破できるわけでもない。

そうこうしている間に迂回した二つの集団が、アイダとアンゲリカに襲い掛かる。

「リズ、絶対に飛び出さないで。近くにいる奴から順番にあの世へ送ってあげる」

「シスターに加えて雑兵どもか、余に触れることを許した覚えはないぞ」

それぞれ魔法の連発と弓矢の速射で敵を圧倒している。

盾持ちがアイダの魔法を止めようとして、爆風で吹き飛ばされる。

三人の兵士が一斉にアンゲリカへ斬りかかったが、彼女はそれを目にも止まらぬ三連射で射貫いた。敵兵はひるまず攻撃してくるが、次第にその数が減っていく。

俺も周囲にいる兵を片付け、カテリーナの元に肉薄した。

「もう後がないぞカテリーナ、こっちの戦力を見誤ったな！」

すでに四百人はいた兵士たちの内、二百は死傷して戦闘不能だろう。とくに弩兵は壊滅に近い。

戦力の半分程度を失ったカテリーナは、一気に苦境に立たされたのだった。

五話　激戦

頼れる兵士たちの半数近くを失い、今のカテリーナは瀬戸際に立たされていた。

俺やアンゲリカの力に加え、全力を開放したアイダによって殲滅され始めている。

「くっ……あの力、やはりあの女は魔王です！」

「闇の女王の手元にも弓が戻っている以上、撤退を！」

劣勢を見て、護衛についている騎士たちが撤退を進言している。

神への高い信仰心を持っている教会の騎士は、同時に高度な軍事教育を受けているという。

今の状況がどれだけマズいか、分かっているようだ。

「くっ……ダークエルフの女王に加えて魔王まで！　我々をここまで欺いていたとは！」

一方のカテリーナは、今の状況でもまだ迷っていた。

宿敵であるダークエルフの女王と魔王を目の前にして撤退するなど、プライドが許さないのかもしれない。しかし、その間にもアイダの爆撃のような魔法の連発に、兵がまた吹き飛ばされる。

辛うじて残った少数の弩兵が狙撃を行うが、強固な防御魔法に弾かれてしまう。

魔王の圧倒的な魔力と、魔法行使能力がなせる連携技だった。

俺はそんな中、呆然としているカテリーナへ一直線に接近する。

「カテリーナ、よそ見をしていていいのか!?」

「カテリーナ様、退避を！」

「我々が食い止めます」

護衛のふたりの騎士が、俺の前に立ちはだかった。ヘルメットで顔は見えないが、ひとりはおそらく、遺跡でもカテリーナの護衛をしていた奴だろう。

「そこを退け！」

前進する勢いのまま切りつけるが、残りの騎士に受け止められる。

こちらの騎士の武器は両手持ちの大剣だったが、それでも俺のほうが競り勝っていた。

だが、これで突撃の勢いが死んでしまう。

本来なら吹き飛ばせるはずだったが、やはり騎士も神の加護で強化されている。

「覚悟！」

この隙を逃さず、横からもうひとりが片手剣で切りつけてきた。

俺はそれを左腕の、魔法で強化されている部分で受ける。

普通なら腕を両断されてしまうだろうが、強化されている俺の装備はその一撃を通さない。

そのまま左腕で剣をはじくと、競り合っている騎士に蹴りを加えた。

正面の騎士は体勢を崩し、俺は横から襲ってきたほうの騎士を切りつけた。

「ぐっ！」

奴はそれを盾で受けるが、あまりの衝撃に盾がゆがむ。

俺はそこにさらに蹴りを入れて盾を弾き飛ばした。

相手のバランスが崩れたところで追撃を入れようとするが、それは背後で起き上がった騎士に対応するために中断する。

「随分と足癖の悪い勇者だなっ！」

「戦場で、あれこれやっている内に覚えたんだよ」

後ろからの縦切りを振り向きざまに剣で受ける。例え向こうにも加護があっても、力比べではまだまだ負けていないようだ。受け止めた剣を押し返し、さらに正面から切りつけた。

「ちっ、鎧が固いな！」

俺の斬撃は、鎧の最も厚い装甲に当たった。

それでも本来はダメージを与えられるはずだったが、今はかすり傷しか残っていない。

そのとき、同じく敵兵と交戦しているアンゲリカから声がかかった。

「剣に、魔力を纏わせろ。相手の光の加護を、無効化できるはずだ！」

「分かった、この剣がどれだけ丈夫か、試させてもらおう」

俺はさっそく炎の魔法を剣に纏わせた。

普段は魔法が宿ったところで剣が必要以上に赤熱化してしまうが、この剣は前と変わらず鋭い切れ味を保ったままのようだ。行けると思った俺は、さっそく騎士たちに斬りかかる。

「正面からだと？　舐めた真似を！」

大剣のほうの騎士が迎撃しようとするが、俺はそれを剣ごと斬り伏せる。

純粋に斬撃の威力が上がり、昨日受け取ったアンゲリカの加護が混じった俺の魔力が、相手の神の加護を無効化したのだろう。騎士は信じられないという驚愕の表情のまま倒れ伏した。

「このまま、もうひとり！」

残る片手剣の騎士も、仲間が一撃でやられたことに驚いて動きが止まっていた。

俺はそれに向かって剣を横薙ぎにするが、視界の端で何かが光る。それに反応して体を動かすと、先ほどまで混乱していたカテリーナの手に、光り輝く槍が握られていた。

「ここで退くなどできませんわ、消えなさい！」

「ちっ、放っておけば調子に乗って……！」

恐らく一瞬後に、槍は放たれるだろう。その威力は、サイクロプスのときに見ている。

回避しようとするが、そこに騎士が斬りかかってきた。

「命にかえても、貴様は逃がさん！」

「自分も死ぬ気か、クソッ！」

こちらの急所を狙ってくる動きに仕方なく防御するが、その間にも槍は放たれてしまった。

ライフル弾のような速さで迫る槍を回避することはできない。

負傷を覚悟したそのとき、後ろから悲鳴のような声が聞こえた。

「リズ、動かないでって……止めなさい！」

声の主はアイダだった。

それを認識するのと同時に、目の前に影が現れる。リズだ。

俺は手を伸ばそうとしたが届かず、直前まで迫っていた槍はそのままリズを貫いた。

「ぐっ、あぁ……ご主人様……」

脇腹のあたりに槍が突き刺さった彼女は、そのまま地面に倒れる。

「リズッ！」

感情が一瞬で沸騰するような怒りに染まったが、思考は冷徹に働いていた。

「邪魔なんだよ、お前は！」

激情のまま剣を振るい、騎士の片手剣を吹き飛ばす。

そこから返す刀で無防備になった騎士を斬り伏せると、次の槍を生成しているカテリーナに向けて突っ込んだ。リズのメイド服は普通のものだが、万が一を考えて、俺が魔法で強化している。

即死するような傷は回避されていると信じ、目の前の敵に向かう。

「アイダ、リズを確保しろ！　そのまま下がれ！」

「任せて！」

彼女の返事を聞くと振り返らず、そのままカテリーナに斬りかかる。

「あと一押しのところを……！」

すかさず、持っていた槍で迎撃してきた。

だが、元々は投擲用の魔法の槍だ。接近戦で使うのには向いていない。

それにカテリーナ自身も、それほど近接武器の扱いが上手くない。

辛うじて加護で底上げされた能力を使い、振り回している状態だ。

「どこを狙っている！」

正面から突き出される槍をいなし、バランスを崩したカテリーナを斬る。

彼女はそれを、地面に転がることで回避した。

「それで、そこからどうする？」

起き上がろうとするカテリーナに、上から剣を振り下ろした。

彼女も何とか槍で受け止めるが、力の差は歴然だ。

たとえ加護で強化されているといっても、もともと前衛と後衛では腕力が違う。

屈強な騎士でさえ、俺には押し負けていたのだ。

普段の上品さを捨てて死に物狂いで抵抗してくるが、押し返すことは叶わない。

俺はそのまま剣を押し込んでいき、切っ先が喉元まで迫った。

「認めませんわ、わたくしがこのようなっ！」

「ごちゃごちゃと煩いな。さっさとあの世に行って、神様にでも文句を言ってこい。あなたの加護は役に立ちませんでしたとな！」

俺はさらに力を込め、剣を押し込む。ついに切っ先が喉元に触れ、込められた炎の魔法が彼女の肌を焦がす。もうひと押しで貫けるというところで、カテリーナの目が急に据わったものになった。

「……この辺りが、限界のようですわね」

「ああ、このまま首を取ってあの世に送ってやる」

「ここで殺されては困りますわ。せっかく手に入った器ですもの」

その奇妙な言葉に違和感を覚えた俺は、さらに力を込めて決着をつけようとする。

だが、先ほどまでひ弱だったカテリーナの力が、急に何倍にもなったかのようにビクともしない。

「お前、目が……」

俺のほうを見ているカテリーナの目が光ったような気がした。

「見せてあげましょう、光の神の偉大さを」

次の瞬間、衝撃と共に俺は吹き飛ばされるのだった。

六話　戦いの結末

俺はカテリーナから発生した衝撃波で、十メートルほど吹き飛ばされた。

「いったいなんだ？」

倒れた状態からすぐに飛び起きると、カテリーナのほうを向く。

仰向けに倒れていた彼女が起き上がり、槍を握り直していた。

同時にその体が淡く光っているようにも見える。

光っているのは加護を受けた敵兵と同じだが、その明るさはずっと強い。

そのとき、敵兵を片付けたらしいアンゲリカも合流した。

「アンゲリカ、リズの様子は？」

「重傷で意識がない。だが、幸いにも一命は取りとめたようだ」

その言葉を聞いて安堵する。

だが、改めて仲間が傷ついたことを確認して余計に自分の怒りが高まった。

「あいつ、すぐにでも……」

再び前に出ようとする俺をアンゲリカが止めた。

「待て、クニヒコ。あれはただ事ではない、もしかすれば光の神そのものが……」

彼女がそう言おうとしたところでカテリーナが話し始める。

「ふふ、やはり一度見たことのある相手にはバレますか」

上品に笑う姿はいつものカテリーナそのものだ。

だが、その纏っている雰囲気は別物だった。まるで物理的な圧力が伴っているかのような威圧感は、とても普通の人間に出せるとは思えない。この世の者ではないようだった。

そして、それを裏付けるような言葉が隣から放たれる。

「光の神め、まさかこのような方法で地上に干渉してくるとはな」

「光の神だって？」

「ああ、まぎれもなく奴だ」

一度戦ったことのあるアンゲリカが断言しているのだから、間違いないだろう。

しかし、まさか神が直々にお出ましだとは思わなかった。

いや、さっきの口ぶりからすると、元々だったのか？

俺の考えを読んだかのように、彼女が言葉を続ける。

「その通りですわ。その忌々しいダークエルフによって封印されたわたくしは、直接地上に降りることができなくなってしまいましたの」

「だから、他人の体を使ったと？」

「ええ、なかなか適合率の高い体を見つけられてよかったですわ。それでも、普段は力を抑えていなければなりませんでしたが……」

そう言いながら、自分の体を見下ろすカテリーナ。

「途中、処女でなくなってしまったことは残念ですが、許容範囲内です」

彼女はそう言って、持っていた槍を構えた。

彼女の力が増したことを象徴するように、その槍も輝きを増している。

「こうしてここで三人纏めて屠れるのですから。もうこの体も用済みですわ」

どうやら俺たちを殺せれば、それでいいらしい。

全力を出すと体が持たないから、今まで一般人のように振る舞っていたというわけか。

「ふふ、お話はこれくらいで結構でしょう？　そろそろ始めますわよ」

カテリーナが空いている手を振るうと、瞬時にもう一本の槍が現れる。

そして、両手に槍を構えたまま突進してきた。

「クニヒコ、さっきとは威力が段違いだ、気を付けて！」

「言われなくても！」

俺とアンゲリカは二手に別れ、その突進を避ける。

「その目障りな槍をへし折ってやる」

初撃を躱し、そのまま追撃するように後を追いかける。

カテリーナは方向転換のために一瞬足を止めるが、そこを狙い撃ちして魔法を放った。

小ぶりの火球を連射する魔法だ。それほど威力は強くないが、気を引くには十分だった。

「小うるさいですわね」

足元にいくつもの火球が着弾するが、カテリーナは熱さすら感じていないようだ。

そのまま右手の槍を一振りして残りも薙ぎ払う。

俺はそれに紛れ、一気に懐へ飛び込んだ。

「足元ばかり見ていると怪我をするぞ！」

手持ちの剣に一層魔力を注ぎ込む。火力の上がった炎の剣で、そのまま切りつけた。

だが、相手も槍でそれを受け止める。

「硬すぎだろう、どんな力をしてやがるんだ！」

片腕で俺の力と拮抗するとは、先ほどまでとは雲泥の差だ。咄嗟に片手持ちだった剣を両手でしっかりと握ると能力が働き、少しばかり大型になった剣で再び槍と打ち合った。

魔法による強化とアンゲリカの加護が効いているのか、今度はこちらが少し押し込む。

「やりますわ。ですが、こちらはもう一本残っていますわよ」

「こっちだって、あとひとりいるさ」

俺に迫った残り一本の槍を、アンゲリカが弓で狙撃する。

弾き飛ばすことはできなかったが、わずかにできた隙で俺は回避する。

「逃がしませんわ！」

後ろに下がった俺を、カテリーナはここぞとばかりに追撃してきた。

「いいぞ、それを待ってたんだ」

槍の性質上、攻撃するときは基本的に突きになる。

そのくらいはカテリーナも理解しているだろう。だから、直線的な突きが来るのを狙っていた。

正直に俺の心臓を狙ってくる彼女の突き。

その速度や威力は驚嘆すべきことだが、狙いが正直すぎた。

俺は両手に握った剣で、下から槍をかち上げる。

「なっ⁉」

まさか高速の突きに反応されるとは思わなかったのか、あっさりと槍をはじかれるカテリーナ。

神だろうがなんだろうが、今の体は人間と同じだ。

それに、接近戦の経験が薄いのは、さっきの戦いでも証明されていた。

「でも、まだですわ！」

弾かれた槍を強引に引き戻し、もう一方の槍も加えて連続突きを放とうとしていた。

だが、そうしようとする彼女の懐に俺はもう潜り込んでいた。

「いつの間に！」

「お前が槍に夢中になっている間にな」

カテリーナが弾かれた槍に視線をむけたのは、ほんの一秒ほどだ。

だが、俺は一秒あれば十メートルの距離を詰められる。彼女の槍は大型で突進は強力だが、格闘戦には向かない。逆に俺の剣は状況によって長さを変えられる。

今まで両手で持っていた剣を右手に逆手で持つと、大きさが一気に小さくなった。

短剣ほどの長さになったそれを持ち、懐に飛び込んだのだ。

「この、離れなさい！」

カテリーナは槍で薙ぎ払うように俺を攻撃してきたが、それをしゃがんでかわす。

そして再び立ち上がるときの勢いを利用して、左手で腹を殴った。

「ぐっ……まだやれますわ！」

「手ごたえが……硬いか」

距離を取ろうとするカテリーナに追いすがりながら、今度は右手の短剣で斬りつける。

カテリーナは腕で防御したが、アンゲリカの加護で向こうの加護を打ち消して刃が通った。

彼女は痛みで、左手から槍を取り落とす。

「これで終わりじゃないぞ」

彼女は腕の傷を治そうとしているが、そうはさせない。

至近距離からタックルして相手のバランスを崩すと、追撃の蹴りを加えた。

これにはカテリーナもたまらず倒れ込む。

「危ないものは放してもらおうか」

俺は彼女が起き上がる前に近づき、右手から槍を蹴り飛ばした。

ガシャンと音を立てながら槍が落ち、とうとう無防備になるカテリーナ。

「槍の一本や二本……うぐっ！」

俺は傷を負った左手を踏みつけ、相手の動きを妨害する。

神だろうがなんだろうが、集中できない状態で魔法など使えるはずがない。

そのまま足を踏みつけながら、俺は剣を順手に持ち直す。

短剣だった姿が片手剣ほどに長くなった。俺はそれをカテリーナの喉元に突きつける。

「これで本当に終わりだ」

「ひっ……ちょ、ちょっと待ちなさい！」

いよいよ後がなくなったのか、落ち着きをなくしてわめくカテリーナ。

その無様な様子を見ていると怒りが若干鎮まるが、やはりけじめをつけないといけないだろう。

俺は剣を高く振り上げ、そのままカテリーナの喉元目がけて振り下ろす。

「待て！」

「っ！　何故止める？」

横にいたアンゲリカから、待ったがかかった。

彼女は俺をなだめるように、普段より落ち着いた声音で話しかけてくる。

「その体は奴の本体ではない、あくまで地上に魂をとどめておくための器だ」

「だから、ここで殺しても本体は殺せないと？」

「ああ、そうだ。またどこかで体を見つけて地上に降りてくる可能性がある」

アンゲリカに説明され、ようやく俺は剣を収めた。

それを見てカテリーナは悔しそうな安心したような、複雑な表情になっていた。

頭では仮の肉体が死ぬだけと分かっていても、恐怖を感じたのかもしれないな。

カテリーナになってからそれなりに長いようだし、精神が肉体に引きずられたのかもしれない。

地上に長くいすぎたということか。

「わ、わたくしをどうする気ですの？」

「さて、どうするかな。少なくともリズの分の借りは返しておかないと気がすまない」

俺はそう言いながら、ある程度考えは纏まっていた。

「とりあえずリズをきちんとしたところで休ませたい。あの港町に行くぞ」

「ひっ、痛いですわ！　髪が抜けてしまいますっ！」

俺はカテリーナを乱暴に引きずり起こすと、アイダたちと合流して港町に向かうのだった。

七話　カテリーナの堕落

港町に戻る途中、付近の町の様子も見てみたが、ほとんどがカテリーナたちに襲撃されていた。

しかも、占領する暇を惜しんだのか、火がかけられている。

アイダにリズの治療を任せ、先行した俺は港町に入った。

町は未だに教会の占領下だったが、先手を取って船を制圧すると残りも降伏した。集められていた住人も開放し、彼らに教会の人員を監視してもらうと、俺はリズたちを連れて宿に向かう。

「アイダ、リズの具合は分かるか？」

「呼吸は少し落ち着いたみたいね。治癒魔法も使っているけど、まだ安静が必要そう」

とりあえず魔法を使い、内外の傷を治癒することはできた。

だが、失った体力やショックはそう簡単に直らない。

このままゆっくり休ませ、回復を待つのが良いという。

「ありがとう、リズのおかげで助かったよ。この恩は必ず返す」

寝ている彼女の頭を撫でてそう言うと、俺は部屋を出た。

リズとの話は後でいくらでもできる。

今は連れてきたカテリーナを、どうやって処分するかだ。

宿の別の部屋に入ると、そこにはアンゲリカと、椅子に座らされたカテリーナがいた。

こちらは重傷を負っているわけでもないので、治癒魔法は傷口を塞ぐ分だけだ。

もし自分で魔法を使おうとしたら、容赦なく痛めつけてくれと言ってある。

「その様子だと、とくに反抗はしなかったみたいだな」

「ああ、大人しいものだ。何か狙っているのかと怪しんだが、そう言うわけでもないらしい」

アンゲリカと話をしながら、カテリーナの正面に立つ。

彼女はボロボロのシスター服のまま、俺を見上げて薄く笑った。

「いずれ教会の本隊がここにやってきますわ。そうすればお終いです」

「そうはならない。こっちには船があるからな」

船員には俺のほうから話をする。

それほど信心深くない者を集めれば、一隻くらいは動かせるだろう。

幸い金にはあてがある。

「くっ、逃げる気ですか」

「さあ、どうだろうな。その頃にはお前も少しは態度が変わっているといいんだが」

俺はそう言って彼女を立たせる。

「わたくしをどこに連れていくつもりですの!?」

「お前の大好きなところだよ」

そのまま外までカテリーナを引っ張り出すと、教会まで連れていく。

どうやら以前いた町とおなじように、ここにも仮設の教会を建てたらしい。

その礼拝堂に入って、彼女を祭壇に寄りかからせる。

「こんなところで何をするつもりですか。説教してほしいならいくらでもしてさしあげますが？」

「俺にそんなものが必要に見えるか？　ここに連れてきたのはな、お前が堕ちるのにふさわしいからだよ」

「何を……何をしようというのですか？」

警戒心を露にするカテリーナ。

俺はそんな彼女の服に手をかけると、そのまま強引に剥く。

露出の少ない服が破れ、肉付きのいい胸元や太ももが露出した。

「ひっ、いやぁ！」

「神様ならもう少し毅然としてたらどうだ。それとも、もうただのカテリーナに堕ちるか？」

「ば、馬鹿な！　わたくしはイルミナス教を束ねる者です、そんな俗物な……」

「何が束ねるだ。その実、教徒や土地から根こそぎマナを奪っているだろうに」

神が教徒からマナを奪い、体調が悪くなれば聖職者に回復させる。見事なマッチポンプだ。

俺は半裸になったカテリーナに祭壇へ手をつかせ、尻をこちらに向けさせる。

「どうやらお前の精神は、だいぶ肉体に引っ張られているようだからな。完全にこの体へ閉じ込めてやるよ」

俺の目的は、現実の体にカテリーナの魂を縛りつけることだった。

「神聖な神様は肉欲に堕ちたりしないよな？　まあ、せいぜい頑張ってくれ」

「や、やめ……ひぐっ！」

俺は肉付きのよいカテリーナの尻を掴むと、膣内に肉棒を突き入れた。

まだあまり濡れていなかったが、軽く動かすと中が湿り気を帯びてくる。

「なんだか濡れてるみたいだな、感じてきたか？」

「こんなの痛いだけですわ！　誰が気持ち良くなどなるものですか！」

振り返り、こちらを睨むカテリーナの顔はまだ気丈だった。

まあ、今の段階で本当に快楽を感じていなくとも問題ない。

むしろ、多少は痛がってもらわないとリズの借りが返せないくらいだ。

「今のうちに好きなだけ喚け。その内、嫌でも自分が人間に堕ちたところを見せつけてやる」

俺はそれから、ゆっくり腰を動かしていく。

最初から壊してしまわないようにするための最低限の、中を傷つけないようにする手加減だ。

「あっ、くぅ……嫌、醜いものが奥まで入ってますわ……」

一方のカテリーナは、嫌悪感を露にしている。

本心もあるだろうが、そういうことで自分の神としての矜持を保とうとしているんだろう。

だが無駄だ。何せこいつは一度、俺に抱かれて絶頂してるんだからな。

あのときは、俺の要求を叶えるためにいくらか芝居をしていたんだろう。

だが、絶頂したときの締めつけや体の震えはリアルだった。

それまで処女だったカテリーナが、あんな演技をできるとは思えないからな。

「はぁはぁ……勝手に腰を振って気持ちよくなっていればいいですわ。わたくしは絶対に……うっ」

まだまだ気丈さを保っているが、俺が強く奥を突くと会話が途切れる。

祭壇に置いている手を握りしめ、足を震わせながら快感に耐えているのだ。

恐らく顔も、気持ち良さを堪えるようなものになっているに違いない。

「まだ頑張るか。それなら同時にこっちも弄ってやるか」

俺は腰を掴んでいた手を外し、両手でゆさゆさと揺れるカテリーナの胸を鷲掴みにした。

「あっ、くうぅ……！」

急に別の場所を刺激された彼女は、歯を食いしばって声を出すのを耐えた。

「なんだ、掴まれただけでも気持ちいいのか？」

「こんな乱暴な……痛いだけですわ！」

「ほう、それなら優しくしてやろう」

それまでパン生地を揉み解すように強めに掴んでいたが、急に動きを弱める。

紙風船を扱うように優しく、しかも感じる場所を責めるように動かした。

「なっ、急に動きが……ひうっ、ダメ、こんなに優しくされたら……っ！」

「あの日の夜のことを思い出すか？」

「……ッ!!」

その瞬間、肉棒を入れていた秘部がギュッと締まった。

明らかに俺の言葉を意識した結果だ。

「あの夜は、さんざん乱れてたからな」

「あ、あのときはあなたが抱かせろと言ったから自由にさせたまでです！」

「なるほど、そんなふうに考えて平静を保っていたわけだ」

あくまで取引の一貫として俺に言われるままにされただけで、快楽を楽しむ気持ちは一切なかったと。

「足腰が立たなくなるほど感じていたというのに、ずいぶん都合のいいことだな」

「あ、あれは……」

「別にいちいち言い訳しなくてもいいさ。体に正直になってもらう」

俺はそこから更に腰使いを激しくした。

膣内をかき回し、同時に胸も責める。

あの夜のことを思い出しながら、カテリーナが感じる場所を徹底的に責めた。

すると、次第に彼女のほうにも余裕がなくなってくる。

「ひゅぐっ、あっ、あん！　ダメ、これ以上動かさないでっ」

「なんでだ、もうイキそうか？」

「イ、イクなんて……」

カテリーナのほうは意識を反らそうとしているようだが、すでに絶頂の気配は近づいていた。

俺はそれを逃がさず、続けて責める。

「いひっ！　ほ、本当にダメですの！　やっ、ああっ！」

背中を反らし、知らず知らずのうちに内股になってしまうカテリーナ。

「そのままイっちまえ。魂に人間の肉欲を刻むんだ」

「嫌だ、そんなの嫌ですの！　誰か、誰かぁ！」

いよいよ絶頂から逃れられなくなってくると、なりふり構わず助けを求めはじめた。

もちろん誰も近づけるハズがない。外ではアンゲリカが見張りをしてるんだからな。

「ダメ、本当にイっちゃいますの！　誰か助けてっ！」

「無駄だ、イけ」

俺は大きく腰を動かして膣内を削り、同時に両手で胸を掴んで乳首をつまんだ。

その瞬間、カテリーナの体が大きく跳ねる。

「ダメッ、ダメダメダメ！　ダメ、なのにっ……イックゥゥ!!」

快楽と絶望が混ざったような、今まで聞いたことのない嬌声だった。

破滅へと向かっていく道へ、彼女は一歩踏み出したのだ。

今度はもう言い訳はできず、後戻りもできない。

「イ、イってしまいましたの？　そんな、わたくしはイってなんか……」

呼吸を荒くしながら、うわごとのように繰り返すカテリーナ。

だが、俺はここで彼女を休ませる気はなかった。

未だに絶頂の余韻で震えているカテリーナに腰を打ちつける。

「んぐっ!?　そんな……動かさないでっ！」

「まだ休むには早いぞ。最低でも俺を一度イカせないとな」

「それなら、口でも手でも胸でも、好きなところでしますからっ、ひぅん！」

絶頂直後の膣内を責められて辛いのだろう。

カテリーナは自ら奉仕すると言い出した。

だが、まだそれには早いな。

まずは徹底的に快楽を教え込んでやる。

「最初から言うことを聞いていれば多少は手加減をしてやったが、反抗的な奴には一度痛い目に合

わせないとな。お前も刻印でやった方法だろう？」

言うことを聞かなければ、痛みを与えて思い知らせる。

実にシンプルだが効果的な方法だ。何より、俺自身もその効果を味わって実感している。

刻印を刻まれた者は、その内痛みから逃れるために、あらゆる命令に従うようになる。

死すら生ぬるいと思うような地獄を味わわされれば、どんな非道にも手を染めてしまうだろう。

「さあ、甘んじて受け入れろ」

今度は彼女の腰をしっかり掴み、激しく腰を動かす。

蕩けた中がさらにかき回され、カテリーナの体に快楽信号を送っていく。

「こんなのおかしくなりますわ！　もう耐えられないんですの！」

流れ込む快感に抵抗できないようだ。

「イク、またイってしまいますの！　お願いだから……あっ、ひぃぃん！」

いくら懇願されても、俺が責めを中断することはない。彼女の嬌声を聞きながら、俺自身も限界が近づいていることを悟った。キツく締まる膣内はただでさえ名器だ。それが連続絶頂で蕩けているのだからたまらない。

「出すぞ、一滴も零さず受け止めろ」

「出すって……そんなの無理ですわ！　お願いします、これ以上は！」

「いくら懇願しようが無駄だ。それより零したらお仕置きだぞ」

俺は愛液で洪水を起こしたように濡れた秘部へ、何度も腰を打ちつけた。

絡みついてくるような膣内の感覚に、とうとう限界がくる。

ひときわ深く膣内に挿入し、そのまま射精した。

「ああっ、お腹の中に熱いのがぁ！　こんなにいっぱい、子宮から溢れちゃいますのぉ！」

胎の中に熱い子種を注ぎ込まれ、カテリーナも同時に絶頂したようだ。

祭壇についていた手が崩れ、寄りかかるように上半身が倒れる。

だが、下半身は俺が保持していたので震えながらも立っていた。

「あっ、ダメ、零れないで……んんっ！」

俺が一度肉棒を抜くと、さんざん犯されていた穴がぽっかりと開く。

それと同時に、子宮に収まりきらなかった精液が垂れてしまいそうだった。

こぼしたらお仕置きだと言われている彼女は、必死になって秘部を締めつけた。

あからさまに興奮した呼吸を隠せない状態だが、何とか開いてしまった膣は元に戻る。

「なかなかやるじゃないか。てっきり教会の床を汚すんじゃないかと思ってたんだがな」

そう、精液をこぼすということは、自分に対する信仰を穢しているに等しい。プライドの高いカテリーナにはダメージになると思ったんだが、残念だ。

まあ、精液も生命の源と見れば良い方向に捉えられるかもしれないが、完全に快楽目的でいやらしい愛液と混じりあったそれを、まともに解釈することはできないだろう。

「鬼畜ですわ。こんなものに倒されたとは、教徒たちが報われませんわ」

「襲い掛かってきたのはそっちだろう。宿のときも、せめてノックしてから入ってくるんだったな」

まあ、結局いつかは敵対しただろうが。

「さて、もう一度だ」

少しだけ間をおいて、俺のものも復活した。

「い、いや……もういやっ！」

振り返ってそれを見たカテリーナが、とうとう逃げ出そうとした。

だが、俺に腰を掴まれている上に絶頂で体から力が抜けている。

とてもではないが、逃げられる状況ではない。

むしろ転びそうになるのを俺に引っ張り起こされ、元の位置に連れてこられた。

「脱走を試みるとは感心しないな」

俺は再び彼女を祭壇に寄りかからせると、強引に挿入を始めた。

「ま、またお腹の中いっぱいにされてる！」

カテリーナは悲鳴を上げたが、膣内は喜んで俺を迎え入れた。

さんざん責められた中は俺の形を覚え、挿入を始めると向こうから受け入れているような感覚さえする。

「だいぶ慣れてきたじゃないか」

「あなたが強引に広げるから……くっ、ふぅ」

俺が褒めるように尻を撫でると、彼女はそれだけで熱い息を漏らしてしまう。

「変なことを言わないでほしいですわ」

「なら行動で分からせてやる」

カテリーナに徹底的に自分の立場を分からせるため、再び腰を動かす。

「うっ、ぐぅっ……」

対する彼女は祭壇に突っ伏し、苦し気な声を漏らしていた。

「どうした、もう限界か？　まさかもうイケないとは言わないよな」

手足が動かなくなろうが気絶しようが、俺の気分のままだと分からせるまで犯し続ける。

そうして心の底まで快楽漬けにして、ようやく俺の目的が達成されるのだ。

例え泣こうが喚こうが、もう遅い。

懇願したって止めやしない。こいつがいちばん大事に思っている神としての立場を壊してこそ、これまでの行為とつり合いが取れる。

「気を失ってる場合じゃないぞ。しっかり立て」

崩れ落ちそうになったカテリーナの腰を持ち直し、なおも責める。

「ひぃ、ううっ、もう許してください……」

快感を抑えきれない濡れた声で許しを乞うてくる。

彼女の体はもう隅々まで犯され、俺の知らないところはないくらいだ。

ここまでの行為でかなり敏感になっているし、少し腰を動かしただけでも軽くイっている。

そろそろ頃合いかと思った俺は、あることを切り出した。

「そうだな……随分反省しているようだし、俺の条件を飲めば終わりにしてやるぞ」

「条件ですの？」

「ああ、お前がこれまで使ってきた刻印を、今度は自分に刻め。もちろん俺が操作できるよう設定するんだぞ」

「な……なんですって？」

俺の提案に、愕然とした表情になるカテリーナ。

「どうした、お前なら刻めるだろう？　それで終わりにしてやると言ってるんだ」

「そんなこと、できるはずがありませんわ！」

「できないはずがないだろう。俺の刻印もお前がやったんだろうからな」

ようやく俺の中でも見当がついてきたが、やはり俺とアイダに刻印を刻んだフードの人物はこいつだ。間違いない。

勇者と魔王に刻まれた刻印の類似から、作成者が教会側にいることは確実。

こいつが最初に俺に抱かれたときも、自分の案を上層部に提案すると言っていた。

教会は巨大組織で派閥争いも激しいのにあっさり討伐作戦は承認され、さらに別動隊の指揮官にもなっていることから、かなりの権力……教皇までがカテリーナに便宜を図っていることが想像できる。

それほどの後ろ盾があるならシスターの地位にとどまっているわけがない。それで、こいつ自身が何か大きな隠しごとを持っているのではないかと、あたりをつけた。

最後にアンゲリカから、神が自分の兵士を造るために使うのも刻印だと聞けたのが大きい。

人間などマナを集めるための道具としか思っていない光の神が、強力な兵士を作り出す刻印の力を誰かに渡すはずがない。

つまり、カテリーナとあのフードの人物は、同一だろうという推理が残る。

確信するまでにはまだいくつも要素が必要だったが、この今の状態を見るに、本人でさえわからないうちに、カテリーナはだいぶ人間に近づいてしまっているようだ。

千年の魔王生活で姿が変わったアイダにも気付かなかったし、アンゲリカの死も見誤っている。

「もうその体では抵抗できないだろう、どうするんだ？」

俺が返事を催促するように腰を動かすと、それだけでカテリーナは再び絶頂した。

「ひゃっ、ひぐぅ！　こ、これ以上はイカさないでぇ……」

祭壇に向けて倒れ込み、腰から下を震わせる。

「します、やりますから……」

彼女は震えた声でそう言うと、自分の左手に右手を重ねた。

次の瞬間そこが輝き、カテリーナの左手の甲には刻印が刻まれる。

「こ、これで……」

「ああ、これでお前は俺のものだ。きちんと言うことを聞いた奴にはご褒美をやらないとな」

俺は祭壇に手をついて体を安定させると、そのまま激しく腰を動かす。

「やっ、ダメですのっ！　もうイキたくないぃぃ！」

「仕上げだ、みっともなくイキ狂え」

「イッ、イク！　イックゥゥウウウ‼」

全身を震えさせて絶頂するカテリーナの中は激しくうごめき、俺は肉棒をいちばん奥へと突き込みながら射精した。

そのまま彼女の中に全てを吐き出すと、腰を引いた。

ぽっかりと空いた穴からは子種が漏れ、教会の床を汚す。

俺はそれを見て、完全にカテリーナを支配下に置いたことを確認するのだった。

八話　二度目の帰還

邦彦たちがダークエルフ討伐に向かってから、一ヶ月以上が経った。

その間、教皇は今後のことを考えて幾度も会議を開いていた。

相手は自分の派閥に属する、教会の幹部たちだ。

「あいかわらず、別動隊からの連絡はなしか？」

「はい、一度ダークエルフの女王を倒したという連絡がありましたが、それ以降はまったく……」

近くに座っていた枢機卿が答え、一同が渋面になった。

彼らにとって今回の作戦は、自分の勢力を増すのにまたとない機会だった。

他の国家や組織の例に漏れず、このイルミナス教でも派閥争いがある。

主に教皇を中心とする派閥と、それに対抗する派閥だ。

現在は教皇派が優勢だが、今回の作戦が失敗すれば、対抗派はここぞとばかりに批判してくるだろう。

「ええい、主力部隊のほうはどうなっている！　女王が倒れたのなら、そのまま押し込めばいいではないか」

教皇の苛立つ声に、周りの男たちが身構える。

同じく教皇派の枢機卿が率いる主力だったが、地の利を生かしたダークエルフの戦いに苦戦していた。

女王が倒されれば士気が落ち、別動隊との攻撃で粉砕できると踏んでいた。

だが、連絡がとれない別動隊と下がらぬ敵の士気のせいで、森の中に突入しても苦戦を続けている。このままでは、森の奥までは攻め切れないというのが、司令部からの答えだった。

「いかがいたしますか教皇様、これでは……」

その不安そうな声に、さらなる苛立ちを募らせる教皇。

このところの会議は、いつもこのような雰囲気だった。

別動隊との連絡が途絶えてからというもの、どんどん空気が悪くなっている。

「別動隊にはあの方がいるのだ、そう簡単にやられたりはしないだろう」

そうつぶやくと、周りの男たちの表情に血の気が戻る。

「おお！　そうですな、勇者様がいてくだされば！」

「勇者様は、教皇猊下と仲がよろしいようですからな」

何人かが勇者のことを絶賛するが、逆に教皇は渋い顔になった。

勇者から憎まれこそすれ、感謝されるようなことはしていないことは重々分かっている。

「ふむ、あまり期待しすぎるのも足元をすくわれる。もう少し別のアプローチから……」

勇者の活躍に期待している彼らを牽制すると、話を立て直す。

「勇者殿の話はまた後でいいだろう。まずは新しく部隊を編成し、現地を調査させる」

その冷静な言葉と裏腹に、教皇も内心はかなり焦っていた。

先ほどつい、あのお方と言ったのは、邦彦のことではなくカテリーナのことなのだ。

教皇は教会内でも唯一、彼女の本性を知っている人物だった。

光の神の目的を知りながら、彼女の忠実な下僕として仕えているのだ。

しかし、そのカテリーナから連絡がない。

こんなことはこれまで初めてで、それが彼を焦らせていた。

「別動隊第二陣の目標は、第一陣との連絡確保。それから本来の任務である、敵部隊への攻撃だ。こんどこそ奴らを背後から……」

教皇がそう言って腕を振り上げたとき、どこからともなく声が聞こえた。

「いや、そんなものは必要ないぞ」

◆　◆

「そこにいるのは誰だ！」

突然のことで驚く男たち。

その中でも、もっとも早く動揺から復活したのはやはり教皇だった。

俺は目の前の扉を蹴破ると、そのまま中に入る。

「貴様、勇者か！　どうしてここに！」

瞬時に他の教徒たちも俺を警戒した。

「船を一隻借りたんだ。それを魔法で強化し、ぶっとばして帰ってきたのさ」

その結果、行きの半分以下の時間で教会本部まで帰ってこられた。

「お前たち、もうお楽しみの時間はここまでだ」

そう言うと、俺は前に進み出た。

「奴を捕らえろ！　恐らく別動隊との連絡が途切れた原因だ！」

教皇の言葉によって、聖職者たちが一斉に動き出す。

「いくら数が多くたって、無駄だ」

俺は剣も抜かず、襲い掛かってきた聖職者たちを倒す。

ずっと安全な後方にいた聖職者たちだ、その能力は高くとも戦闘の経験がない。

次々に無力化し、床には倒れた連中の山が築かれた。

「うっ、く……」

「逃げ場はないぞ。これまでの礼をたっぷりさせてもらうからな」

思い起こせば、教皇には魔王を倒す旅の途中も無茶な命令をされた。

その借りをこれから、返していくつもりだ。

だが、教皇の表情にはまだ余裕があった。

「貴様など、神の手に掛かれば……」

「ほう、イルミナス教の神か。助けてくれると思うか？」

「当たり前だ！　貴様のような背信者を放っておくはずがない」

その様子に、思わず笑いがこみ上げてくる。

「へえ、それなら本人に聞いてみるか」

そう言って、俺はカテリーナを呼んだ。

俺が破壊した扉から、怯えた表情をした彼女が入ってくる。

刻印の恐怖に震えていた、以前の俺と同じ顔だ。

「ク、クニヒコ様。何か御用でしょうか？」

彼女の姿が見えるにつれ、それまで元気だった教皇の表情が土くれのように崩れていく。

カテリーナが俺に服従するように膝をつくと、教皇もその光景に驚いたように一歩下がった。

「まさか、そんなことが……」

「やはりカテリーナの正体を知ってたみたいだな、あんたは」

カテリーナから聞き出したが、教皇は人間の中で唯一、カテリーナの正体を知っていたらしい。

彼女の力を借りて教皇になり、今度はその権力を使ってカテリーナをサポートしていた。

一介のシスターでしかないカテリーナの影響力が強かったのは、これが原因だった。

「人類を滅ぼすのに加担しながら、自分だけうまい汁をすすって、いいご身分だな」

結局のところ、魔王討伐はイルミナス教徒を増やすための自作自演。勇者もただの手駒。

魔王と女王が結託しなかったのも、仕組まれた関係であったが故だ。

神の本当の目的は、ダークエルフの討伐だったのだから。

その間にも人々はマナを吸われ続けている。許せるはずがない。

「黙れ！」

教皇は激昂し、攻撃を仕掛けてきた。カテリーナと同じ、聖なる輝きを持った槍だ。

だが、もはや見慣れた攻撃を、俺は片手で弾き飛ばす。

「なかなかの威力だったが、狙いが甘すぎるな。カテリーナ、捕まえろ」

「了解しましたわ」

俺の命令を聞いた彼女はフラフラと立ち上がり、教皇のほうへ向いた。

「な、なぜあなた様が勇者ごときの言うことなど!?」

混乱する教皇に、カテリーナは自分の手の甲を見せた。

「その刻印は！」

驚愕する教皇に、彼女は淡々と告げる。

「……わたくしはもうただのカテリーナになってしまいましたの。自分の刻印には逆らえませんわ」

「でしたら私が解呪しましょう！　それで奴を倒すのです！」

「無理ですわ。もう身も心も彼に支配されてしまいましたもの……」

必死に説得しようとする教皇に近づいていくカテリーナ。

大の男がひとりの華奢な女に追い詰められていく姿は、なかなか滑稽だった。

「おのれ勇者め、ただではすまさんぞ！　必ずお前を……」

「もうお黙りなさい。クニヒコ様の命令ですわ」

「なっ……ひぃ！」

カテリーナが魔法を唱え、生み出した槍を持って振るう。

次の瞬間、教皇は無様な悲鳴を上げながら床に沈んだ。

静かになった部屋の中で、俺はカテリーナに近づく。

「おいおい、殺してないだろうな？」

「だ、大丈夫ですわ。手加減しましたので」

彼女は俺に近づかれると、体を硬直させた。

本部に戻るまでの間、船の中でも嫌というほど自分の立場を分からせてやったからな。

今では従順な、俺の奴隷へと変貌を遂げていた。

「さて、こいつらを縛り上げて出るとしよう。まだ用事は残っている」

俺は魔法でロープを生み出すと、教皇やその取り巻きを縛り上げた。

それから部屋の外に合図すると、待っていた何人かの兵士が入ってくる。

彼らは別動隊の中から、俺の側についた兵士たちだった。

俺は個々には覚えていないが、戦争の最前線にいて、俺に助けられた経験があるらしい。

十人ほどが入ってきて、教皇たちを連れていく。

「お前にも来てもらうぞ、カテリーナ」

「う……はい……」

それから俺も彼女を引きつれ、部屋を出る。

その後、俺たちは教皇派の枢機卿たちに、関わった数々の悪事を白状させた。

どうやら神の庇護下で、随分といい思いをしてきたらしい。

全ての事実を大陸中に公表し、教皇と光の神の権威は地に落ちるのだった。

九話　邦彦の選択

未曽有のスキャンダルによって教皇が失脚してから、一週間。

俺は教会本部に構えた自室で、反教皇派のリーダーである老枢機卿と話していた。

「……それでは、闇の者とは即時停戦。教会内の混乱を落ち着かせます」

「こちらとしても、停戦してもらえれば文句はない」

教皇を吊し上げた俺たちに対して、まず接触してきたのはこの老枢機卿だった。

いろいろと狙いがあるようだが、俺に協力したいと言ってきた。

俺としても面倒な教会のかじ取りなどする気はないので、渡りに船だ。

幾つか条件を提示し、教会内での権力を譲り渡した。

あっさり教会の主導権を渡したときは怪しまれたが、俺が本心から面倒だと思っていると分かると喜んで受け取ってくれた。

光の神の悪行が知れたことで、教会の勢力は衰えた。

だが、大陸中に支部を構える権力は未だに巨大で、国家さえ越えている。

ここから教会を復権させることができれば、まさに英雄扱いだろうな。

いかなる背後があったとしても、教会が行ってきた慈善事業に助けられた人もいる。

例えば、ある病院の院長が汚職をしていたとしても、普通の人間は過去に世話になった現場の医者まで恨むことはないだろう。そういうことだ。

そのあたりの信頼や残された資産を有効活用し、組織改編していけば生き残る道もあるだろう。

「勇者様の望む闇の者との終戦と融和は、なかなかに厳しいものですが、努力いたしましょう」

「まあ、とりあえずは人間側から襲わなければ、いいさ」

ダークエルフの国を攻めていた部隊も解散し、ここに戻っている途中だという。

指揮官の枢機卿は逃げたらしい。

「それに、闇の者側にも手を回せるしな」

俺はそう言って横に座るアンゲリカを見た。彼女は俺の言葉を受けて頷く。

「うむ、ダークエルフのほうは余が抑えておこう。西の同胞にも連絡を取る」

東西で生き残っている勢力が動かなくなれば、人間も積極的にその領地を攻めようとは考えない。

狂信的な者たちはすでに、光の神が失脚したと同時に教会の要職から外されていた。

マナの枯渇が闇の者の仕業ではないと知れば、残った者たちも、この絶滅戦争を続けたいとは思うまい。

「分かりました。では、こちらのほうでも調整しておきます」

そう言うと老枢機卿は立ち上がり、部屋を後にする。

部屋に残されたのはいつもの面々だけだ。今まで部屋の隅でつまらなそうに話を聞いていたアイダが、先ほどまで老枢機卿が座っていた席に座る。

「これでようやく、ひと段落かしら？」

「ああ、そうだな。アイダには直接手を下す機会をやれなくて悪かったが」

俺と同様に、復讐に燃えていたアイダ。

だが、結局はカテリーナに手を出すことはなかった。

「まあ、一応ケジメはつけられたから満足よ。ねぇ？」

そう言って、部屋の隅で小さくなっているカテリーナを見る。

彼女はアイダに目線を向けられると、さらにその身を縮こまらせた。

千年分の恨みが詰まった視線だ。

今のカテリーナには、相当な重圧を与えるだろう。

「許すことはないけど、一応謝罪は受け入れるわ。後は彼女のこれからの態度ね」

ちょうどそのとき、隣の部屋からリズが出てきて飲み物を配った。

アイダはコップを一つ受け取ると、一口飲んで息を吐く。

その様子は落ち着いていて、復讐に囚われているとは思えない。

「まあ、そうだな。わざわざここまで堕としてやったんだ」

カテリーナは最早、人間どころかペット的な扱いだし、教皇は地下の牢獄で仲間と楽しい生活を送っている。俺も、貶められた相手に報いを与えるという目標は達成できた。

「それに、リズも元気になったからな」

「はい、お陰でまたメイドとして働けます」

彼女は以前と同じく、優しく微笑んでそう言った。

一時は意識がないほど危ない状態だったが、あの後なんとか持ち直した。

治癒魔法で傷が残るようなこともなく、以前と同じようにメイドとして働いている。

俺を庇ったことに関しては一悶着あったが……。

「現状は戦争も止まって、一時的にでも平和ができた。多少は落ち着けるだろう」

「光の神が力を失ったことでマナも回復し始めている。じきに病人や怪我人の数も減るだろうな」

俺の言葉をアンゲリカが補足する。

そして、彼女は俺のほうに向きなおると一つ質問してきた。

「して、クニヒコ。お前は元の世界に戻るつもりはあるのか？」

「日本か……」

アンゲリカに言われ、以前のことを思い出す。

召喚されたばかりのころは、一刻も早く帰りたいと思っていた。

だが、旅の中で次第に諦めるようになってからは、思い出すことも少ない光景だ。

「帰りたいという気持ちはある」

俺がそう言うと、リズがギュッと拳を握るのが見えた。

「あるが……な」

視線をアイダのほうに向けると、彼女はもったいぶらずに早く言えと睨んでくる。

俺は一つ息を吐くと、首を横に振った。

「その話はまた今度にしよう。現状で俺がいなくなれば、せっかくの停戦がどうなるか分からない」

混乱が続くこの状況で、元の世界に帰るのは気が引ける。

現在、俺の立場はかなり微妙だ。

教会本部に滞在しているが、教会に所属している訳ではない。

先ほどの老枢機卿との話で、正式に教会から外れると伝えた。

教皇と言う権力者を失った教会に、それを強制的に止める手立てはない。

「かといって、教会から出た後にどこに行くかは、決めていないのよね？」

アイダの問いに頷いて応える。

「まさか大手を振って、闇の勢力につく訳にもいかないしな。停戦を求める立場の俺は、どちらとも距離をおかないといけない」

俺とアイダとアンゲリカの三人だけでも、一国を上回る戦力だ。

それがホイホイと動き回っては、大陸中の国が安心できないだろう。

「東西は睨み合いが続いているし、戦国時代の南はもってのほかね」

「……となると、残るは一つしかないか」

現在、大陸の北は静かなものだ。

魔王がいなくなり、闇の者も散り散りになっている。

今はいくつかの町があるだけで、どの国も管理していないらしい。

「ちょうど空白地帯になっている。とりあえずはそこで時間を潰すとしよう」

「私はそれでいいわ、慣れた場所だし」

「余も構わぬぞ。久しぶりに外に出たのだ、違う地方にも行ってみたい」

「わたしは、ご主人様の行くところについていきます」

三人とも賛成のようだ。というか、アンゲリカは帰らなくていいのだろうか？

「……まあいいか。それなら、騒ぎが治まったら北に向かおう」

今はそこかしこで、いろいろな騒ぎが起こっている。

闇の者との停戦に賛成する声と反対する声。

教会権威が失墜し、統治も乱れている。

イルミナス教を国教にしている国では、反乱騒ぎもあったとか。

まだ少しの間は、大陸中央にある教会本部で目を光らせておいたほうがいいだろう。

「それにしても、邦彦も面倒な立場になったわね」

「本当なら、遠慮したいがな」

「知ってるわよ。でも、案外似合うんじゃない？」

「勘弁してくれ……」

うんざりした気分で言うと、アイダはニヤニヤと笑っている。

こいつはときどきSっぽいというか、悪戯をしてくるから厄介だ。

魔王になってから性格が変わったと言っていたが、以前の性格もこんな感じだったんじゃないだろうか。

とても様になっているので、疑わしい。

「仲睦まじいのは結構だが、余を除け者にすることは許さんぞ」

「ふふ、アンゲリカって年上だから落ち着いてるかと思ったけど、実際はいちばん積極的よね」

「世の中は弱肉強食、早い者勝ちだ。ましてやクニヒコの体は一つ、寵愛を受けるのにも積極性は必要ではないか」

何を当たり前のことを言うのだ。

そう言わんばかりの顔で、彼女は俺のほうに寄ってくる。

第一印象ではどこか陰のある感じだったが、光の神を倒すと決めてからは一転して積極的になった。

俺も美女ふたりに囲まれるのは嬉しいが、常時これだとさすがに疲れる。

「……だ、そうだけど。大人しいリズはどうなのかしら？」

アンゲリカの言葉をスルーし、リズにパスするアイダ。

「わたしは、ご主人様を癒すことができればそれで満足です」

「本当はいろいろと狙っているくせに」

澄ました表情のリズ。

アイダの言葉にも取り合わず、飲み物のお代わりを運び始めた。

この話は、一見平和に終わるかと思えた。

だが、その日の夜。

俺は三人から同時に襲われることになるのだった。

十話　ヒロインたちに囲まれて

新生した教会サイドとの話し合いが終わった夜。

俺は広いベッドをひとりで占有し、天井を見ながら考えごとをしていた。

ちなみにカテリーナはいない。昼間は目の届く範囲に置いているが、未だに信用していないので、無防備な寝床を晒すことはできないからだ。

そのため、一人用の使用人部屋をカテリーナには宛がっている。

ペットのような今の彼女の扱いからすれば贅沢だが、誰かに監視させる訳にもいかないので仕方ない。刻印があるので、逃げる心配もないしな。

「今後のことか、平穏に暮らしたいがそれは無理だろうな」

何せダークエルフの女王が一緒にいるんだ。

知る者にとっては、そこに魔王と堕ちた光の神が加わる。

厄介ごとに巻き込まれるのは、決まっているようなものだった。

「とりあえず、もしもの敵には、向こう百年は手を出したくなくなるような歓迎をしないとな」

多少派手なことになるかもしれないが、それは他へのアピールにもなるだろう。

「だが、差し当たっての問題は……」

俺が視線を窓のほうに向けると、窓の鍵が触れてもいないのに開いた。

「邪魔をするぞ。まさか、まだ寝てはいないだろうな？」

聞こえてきたのはアンゲリカの声だ。

声だけではなく、月明かりでその優美なシルエットも浮かび上がった。

女性にしては身長が高めで、スラッとした手足と、出るべきところが主張されている。

そして極めつけに、いつも通りの薄着だった。

昼間ならどこかの民族衣装に見えなくもないが、夜に見ると完全に痴女だな。

現代日本でこの服を来て夜道を歩いていたら、確実に通報されそうだ。

彼女はそのまま部屋に入って、遠慮なくベッドにまで上がってくる。

「ああ、起きているが何事だ？　まさか敵襲でもないだろう」

「何を言う、ここまできて余が何を言いたいか分からぬか？」

「分かりたくない、というのが本音だが……」

数千年、下手をすればもっと長い時間を生きてきたのに、やることが直接的すぎだ。

ため息をついていると、追い打ちのように部屋の扉が叩かれる。

俺の返事を待たずに扉が開かれ、アイダが入ってきた。しかも、なんとリズもいっしょだ。

リズはいつも通りの表情だが、アイダは目に力が入っている。

「やっぱり……今夜あたり狙っていると思ったわ。独り占めは許さないわよ」

「おふたりに任せると、ご主人様が疲れてしまいそうで心配です」

ふたりともそれぞれドレスとメイド服のままだったので、昼間から示し合わせていたのだろう。

ただ、アンゲリカは窓から侵入してきたので、一歩遅れてしまった感じだな。

「一番乗りは渡さぬぞ。そこで大人しく見ているがいい」

アンゲリカは不敵に微笑み、座っている俺の左側から体を押しつけてきて手を這わす。

さすがに俺も、美女から行動に移されると、やる気が湧いてくる。

アンゲリカの肉感的な体が押し当てられ、その柔らかさを全身で堪能する。

彼女もそれが分かっているのか、ますます俺に押しつけてきた。

「そういうことなら、こっちはいただくわ！」

先ほどのアンゲリカの言葉など我関せずと、空いている右側にアイダが寄ってくる。

俺の腕が彼女の巨乳に挟まれ、まるで腕をパイズリされているかのような感触だ。

「邦彦、胸が好きなのは知ってるから」

「それはわたしも知っています」

次ぎに声が聞こえてきたのは後ろだった。

残るリズが、背中に回り込んできたのだ。

三人が三人とも服をはだけながら、俺の全身を自分の体でマッサージしている。

俺は他では味わえない女性の柔らかさを全身で感じながら、自分が興奮していくのを感じだ。

情けないが、とても我慢できる気がしない。

こうなったら、とことん三人を可愛がってやろうと覚悟を決めた。

「クニヒコ、まだ動くな。私たちで準備をしよう」

アンゲリカは俺の耳元でそう言うと、そのまま俺の顔を持つ。

「こっちを向いてくれ」

そして自分のほうに顔を向け、いきなりキスしてきた。

「んっ、ふぅっ、あむ……ちゅっ、ちぷ……」

細かく息継ぎをしながら、少しずつこちらの口内に舌を割り込ませてくる。

その求めに応じてやると、反対側からも声がかけられた。

「ほら、私も感じさせて」

アイダが俺の手を掴み、自分の胸元に誘導する。

俺は導かれるままに、さらけ出された巨乳を持ち上げるように愛撫した。

「はんっ、はぁ……」

最初の撫でるような愛撫から、徐々に手へ力を入れる。

一回揉むごとに乳房の形がゆがみ、俺の手のひらに心地いい感触が残った。

大きな胸の頂《いただき》にある乳首も硬くなり、アイダが興奮してきたことが分かる。

そして、ここにきて最後のひとりが動き出した。

「両手に花ですね、ご主人様」

俺の興奮を煽るように濡れた声でリズが言う。

だが、その声には少しばかり嫉妬の色が混じっていた。

彼女は後ろから手を回して、俺のズボンに手をかける。

そのまま中に手を入れ、その繊細な仕事をする指で俺のものを優しく握ってきた。

「このままご奉仕します」

リズはそう言うと、手を動かしながら自分の大きな胸を俺に押しつける。

左右のふたりよりさらに大きなそれが背中いっぱいに潰れ、極上のクッションのような感覚を味わえた。

水仕事をしているにも関わらず、綺麗なままの指が肉棒に絡みついてくる。

左右と後ろから美女たちに囲まれ、俺の興奮は徐々に高まっていった。

肉体はもちろん、熱い息遣いや嬌声、俺をその気にさせるような淫らな言葉も次々降りかかる。

このままでも十分すぎるが、本番はこれからだ。

「そろそろ俺にも責めさせてくれよ」

自分の体がかなり高まってきたのを感じた俺は、三人を纏めてベッドに倒した。

左からアイダ、リズ、アンゲリカと三人が並んでいる。

アイダとアンゲリカは楽しそうだが、リズはふたりに挟まれて少し緊張しているようだ。

「まずは緊張をほぐしてやるか」

「あっ、ご主人様……」

俺が腰に手を当てると彼女は驚いたように一度震えたが、気にせず肉棒を挿入していく。

「はぐっ、んっ、大きいですっ！　一気に中が広げられてます」

リズの中は十分すぎるほどに濡れていた。

俺とアイダたちの行為を間近で見て、興奮していたのかもしれない。

「一気に奥まで入ったぞ。そんなに待ち遠しかったのか？」

「は、はいっ！　ご主人様のものが欲しかったんです！」

嬌声を上げながらも、精一杯答えるリズ。

その一生懸命な姿に、ますます興奮してしまう。

「リズ、もう少し強くするぞ」

「どうぞ、ご主人様のいいように弄んでください」

その言葉には奉仕の気持ちの他に、俺に責められたいという欲求も入っていた。

俺が腰の動きを激しくすると、膣内もすぐに反応して締めつけてくる。

俺のものに慣れ切った中は、何処がどうなっているのか手に取るように分かった。

弱点を責めれば数分とかからずにイかせることができるが、そんなもったいないことはしない。

せっかく三人も相手がいるのに、ひとりだけ先にイかせてしまったら可哀想だからな。

「ご主人様の凄いです。奥までズンズンきて、子宮が押し上げられてます」

リズの頬が赤く染まり、呼吸の度に熱い吐息が漏れていた。

だが、今夜俺を待っているのは、リズだけではない。

「クニヒコよ、リズばかり相手していては不公平だぞ」

「分かっている。そう待たせないさ」

声の主は左にいるアンゲリカだ。

もう待ちきれないのか、自分で下着の中に指を入れている。

俺は名残惜し気にリズの中から引き抜くと、下着を腰から抜き取ってアンゲリカの中に挿入した。

「くふぅ！　奥まで、一気にきたぞ」

彼女は足を俺の腰に絡みつかせ、逃がさないとばかりに中を締めつけてくる。

膣内の具合も良好で、今も奥まで咥え込んでいた。

腰を前後に動かすと、全体が肉棒を締めつけてくる。

「んんっ、はっ、ふあん！」

我慢することもなく嬌声を上げ、自分がどれだけ感じているかアピールしてくる。

リズとは違った反応だが、それがいい。

同じ責めでも女性によって感じ方が違うので、それを見られるのが複数プレイのいいところだ。

単純に好きな女に囲まれているから興奮する、というのもあるが。

「とても一種族の女王とは思えないな。俺としては歓迎だが」

「はぁはぁ、ここではただ……クニヒコの女だ。もっと乱れさせてくれ」

彼女は、俺の腰に巻きつける足に力を込める。

「そんなに力を入れられると、動きにくいんだがな」

俺は片手でアンゲリカの胸を揉みしだきながら、腰を動かす。

「ひっ、んふ……む、胸まで……っ！」

人差し指で優しく胸の頂を弄ると、彼女の体が気持ち良さそうに震える。

同時に足の力が緩み、俺は腰を大きく動かした。

肉棒が入り口から奥まで大きく動き、その度にアンゲリカの表情が歪む。

「ひうっ、そんなに激しく……ひゃっ、あひぃん！」

突如、彼女の体が大きく震え、全身を弛緩させる。

どうやら軽くイってしまったらしい。

それを感じた俺は、ヒクヒクと動く膣内から肉棒を引き抜いた。

今まで栓をしていたものが抜けて、彼女の膣内から愛液が零れ出る。

俺はそれを見て満足感を覚えながら、アイダのところに向かう。

「ん……ようやく私の順番なのね」

「悪いな。その分、可愛がってやるよ」

やはりアイダも我慢できずに自分で慰めていたらしい。さっそく彼女の秘部に手を伸ばすと、まるで飲み込まれるように、するっと指が入ってしまった。

「すごいな、奥まで蕩けてるぞ」

「んっ、恥ずかしいから言わないで」

恥じらうように頬を赤くするアイダも愛らしい。

普段は毅然としているが、ベッドの上だと素直な反応が見やすいからいいな。

「ねえ、それより早くっ」

彼女が手を伸ばし、俺の首に巻きつけるようにして引き寄せる。

俺はアイダと肌を重ねながら、同時に挿入していった。

「はうっ、んん！　はぁ、全部入ってる……」

アイダの中は締めつけと蕩け具合が絶妙だ。緩くもなく、キツすぎもしない。

ピッタリと肉棒に張り付くようにしながら、俺の精を絞ろうとしてくる。

「いちばん最後に回された分、待ち遠しかったみたいだな」

そう言うとアイダは睨んでくるが、中のほうはその通りとばかりに締めつけてくる。

「言わなくても分かってるくせに……」

「反応がいいから話しかけたくなるんだよ」

「バカ……はっ、んああっ！」

そのまま腰を動かし始めると、彼女の口から抑えきれなかった嬌声があふれ出す。

俺から受けた快感をそのまま吐き出すように、部屋の中に響き渡った。

「いきなりっ、激しすぎるのよ……っ！」

あからさまに息を荒くしながら彼女は文句を言う。

どうせ強がりだろうと分かっているので、さらに腰を動かした。

「ひぃん！　あっ、だからダメって……ひゃうっ!!」

嬌声と共に、彼女の体から大量の愛液が漏れ出てくる。

それが潤滑剤となって、動きがさらに激しくなっていった。

「イッ……も、もう無理。これ以上は……！」

ついに限界を訴えるアイダ。中の締めつけも強くなり、いよいよという感じだ。

「イクッ、イっちゃう！　イク、イッ……えっ!?」

絶頂間際から突然困惑の声が聞こえたのは、俺がものを引き抜いたからだ。

そこにあるべきものを失ったように、秘部がぽっかりと口を開けている。

「な、なんで!?」

「せっかく三人いるんだ、もっと同時に味わいたいだろう？　早々にダウンされちゃ困るからな」

絶頂寸前でお預けされ、泣きそうな顔になっているアイダから再びリズに挿入する。

「お待ちしていました……あんっ、くふぅ」

リズは好き勝手に三人を楽しむ俺にも文句ひとつ言わず、挿入された途端に全力で奉仕をしてくる。膣内全体を蠢かせ、根元から先端まで全体を刺激し始めた。

完璧に俺の形に慣れ切った内部が、泥のように柔らかく包み込んでくる。

どこを突いても受け止めてくる包容力に、自然と腰の動きが速くなった。

「どんどん力強くなって……ご主人様、嬉しいです」

快感で頬を緩ませながら、さらに俺を求めてくる。

それに応えつつ、左右のふたりにも手を伸ばした。

「くふっ、はぁはぁ……三人相手に欲張りだな」

「でも、邦彦の精力相手には、これくらいでちょうどいいかも」

彼女たちは俺の手を取って体を起こし、左右から挟み込んでくる。

ふたりは見た目も引き締まっていて美しいが、やはりその肌を直に感じると興奮の度合いが違う。

適度に残された脂肪が、女性らしい柔らかさを生み出している。

その中でも胸や尻は別格で、手で触れる度に指が沈み込むような感触を味わえた。

「もっと触って、邦彦」

「こちらもだ。余の体も余すことなく味わうとよい」

ほどよく火照った体から熱が伝わってくるように、俺の興奮も高まっていった。

ふたりの秘部に手を差し込みながら、リズを責める腰の動きもダイナミックになる。

「あっ、あん！　わたし、腰の動きだけでイカされちゃいます！」

体がぶつかる衝撃でその豊かな胸を揺らしながら、リズが俺に限界が近いことを告げてくる。

それまで蕩けるように絡みついていた膣内。

そこも不規則に締めつけてくるようになり、コントロールが効いていないことが伺えた。

「指がこんなに奥まで入ってる……！」

人差し指と中指、二本まとめて挿入すると、アイダの体がひときわ大きく震えた。

イク直前で寸止めしたからか、煮えたぎるような欲望が溜まっているらしい。

指を肉棒と勘違いしたのか、奥まで咥え込もうとうごめいている。

「うっ、余の中も責めてくれ。こんなものでは満足できぬぞ」

軽くイったくらいでは治まらないと、アンゲリカも体を寄せてくる。

もう逃がさないとばかりに、膣内を締めつけていた。

俺もさすがに、三人も同時に相手にして限界が近い。

彼女たちの反応を見ながら、興奮の度合いを調節していく。

ここまできたら、一斉にイカせてやりたいという欲望もあったからだ。

「邦彦、もう無理よ！　イクッ、今度こそイっちゃう！」

興奮のしすぎで、白濁としてきた愛液を垂らしながらアイダが喘ぐ。

その反対側では、アンゲリカも限界を迎えていた。

「もうイクぞ、クニヒコ……！」

快感で体に思うような力が入らないのか、俺に寄りかかるようにしながら熱い息を吐いている。

普通だと煩わしく感じるかもしれないが、俺にとっては心地いいくらいの感覚だ。

女王の体を受け止めながら、リズをイカせるべく膣奥を突いた。

「ご主人様、ご主人様ぁ！　イク、イキます！　ひゃっ、イクううう！」

リズが俺の腰に足を巻きつけ、自ら最奥まで押しつけながら絶頂する。

「体が燃え落ちそうだ。もう、イってしまう！」

アンゲリカも女王としての立場を忘れ、ひとりの女として俺の手で絶頂に導かれた。

「邦彦、一緒にイキましょう？　もう放さないから……っ、イク!!」

アイダも俺の腕をしっかりと抱きかかえながら、ともに絶頂した。

三人が高みに上りつめるのを感じて、俺も自分の精を解き放つ。

いつもの数割増しの勢いで、それはリズの中に注ぎ込まれていた。

「私の子宮が、ご主人様の子種でいっぱいに……」

イっている最中の子宮を精液で満タンにされ、うわごとのように呟くリズ。

完全に脱力した様子で、足もベッドに投げ出されていた。

「……リズは一旦限界のようだが、ふたりはどうする？」

彼女の中から引き抜いたものは、まだまだ精力が尽きていないようだ。

アイダとアンゲリカに問いかけると、彼女たちは言うまでもないと頷く。

それから俺は日が昇るまで、三人を犯し続けるのだった。

エピローグ

光の神とそれに従っていた教皇を打倒してから、数ヶ月後。

俺はアイダたちを連れ、北の地に居を移していた。

以前、魔王城があった場所からそう離れていない位置に屋敷を建て、そこで暮らしている。

資材は魔王城の残骸で十分にまかなえたし、人手はアンゲリカが異界からモンスターを召喚して補った。

戦闘にしか使えないかと思ったが、意外と手先が器用なモンスターもいることが分かった。

でき上がった屋敷は魔王城の資材を使ったからか、若干怪しげな見た目だ。

ただ、内装は明るく作ってあるので、一歩中に踏み入ればきっと驚くだろう。

俺はその屋敷の書斎で、本を読みながらくつろいでいた。

「邦彦、入るわよ」

そこにアイダがやってくる。

一応ノックはするが、こっちの返事を聞かないあたりは変わらない。

「アイダか、どうした？」

「前線の町から手紙よ」

そう言って、彼女が手渡してきた封筒を受け取る。

差出人は知り合いの名前だった。読んでいた本を置き、封を切って中の手紙を取り出す。

アイダは近くにある椅子に腰かけていた。

「……それで、なんて書いてあったの？」

俺が読み終わったのを見計らって彼女が問いかけてくる。

「難航していた停戦交渉が、ようやく纏まりそうらしい」

「へえ、ようやくなのね」

「ここまで千年以上敵対してたんだ。数ヶ月で目途が立ったのが奇跡だよ」

とはいえ、やはり光の神の権威が失墜したのが大きいだろう。

心のよりどころだったものが、音を立てるようにして急に壊れたんだからな。

強力な指導役だった教皇が消えたことで、人類側もずいぶん困惑したらしい。

以前会った老枢機卿が新しい教皇になったらしいが、教会側は各国から説明と対策を求められている。

新教皇はそれに追われているようだ。

「まあ、あの爺さんなら上手くやるだろう。闇の勢力は早めに意見がまとまったようだな」

「それはアンゲリカが、各方面に手紙を出してくれたからね」

残っている闇の者の中でも、一番の実力者である彼女の言葉は重い。

だが、中には人間に憎悪の感情を持っている種族も少なくなかった。

その辺りも説得していって、停戦合意に向けて理解を得たらしい。

「引きこもりに任せてどうなるかと思っていたが、人心掌握もなかなかやるな」

「……クニヒコ、聞こえているぞ」

「うお、いつの間に……」

突然後ろから声がしたので、慌てて振りむく。

するとそこには、件《くだん》のアンゲリカが立っていた。

「ちょうど先ほど、停戦合意を見届けて帰ってきたところだ。その手紙は、一週間以上前のものだろう？」

「そうだな、この辺りはまだ普通の人間が出入りするにはキツい」

元々人口が少なかったので、道などもそれほど整備されていない。

鍛えている者なら楽だが、ただの旅人や商人にとっては難所ぞろいだ。

したがって、届け物や手紙が着くのも時間がかかる。

「それで、しっかり停戦は合意されたんだな？」

「ああ、これで無暗に手を出しあうことはなくなるだろう」

基本的には現状維持のまま、戦闘行為をまず禁止したらしい。

元の領土が云々という問題はこれから起きるだろうが、それは後々の人々に頑張ってもらうとしよう。

「町の雰囲気なども安定化しているようだ。物の値上がりは止まったままだがな」

どうやら混乱も治まりつつあるらしい。

俺としても、わざわざ出ていかなくてすむのは大歓迎だ。

「それなら安心だな。俺も面倒ごとは勘弁だ」

以前は、混乱に乗じて騒ぎを起こす輩もいたからな。

ただの盗みからクーデターまでいろいろだ。特に緊急性のあるものは俺たちが出て鎮圧した。

「これでようやくゆっくり休めるというものだ。ここ三年近く、動きっぱなしだったからな」

この世界に召喚されたのが二十代半ば。

今はもう立派なアラサーだった。

とはいえ、周りはアイダを始め美女たちに囲まれているので、文句が出るはずもない。

「今までの分、のんびり過ごすとするか」

俺はアイダから手紙を返してもらうと、封筒に収め直す。

そして、机の上に置いたところでタイミングを計ったようにリズがやって来た。

「アンゲリカ様、お帰りなさいませ。皆様も集まっているようでしたので、お茶を淹れてきました」

彼女が俺たちひとりひとりに、飲み物を配っていく。

最後にリズは一つ残ったコップを、部屋の隅に持っていった。

そこには、俺の奴隷となったカテリーナが座り込んでいる。

「どうぞ」

「……ありがとうございますわ」

彼女は一瞬躊躇して俺のほうを見たが、俺が気にしていないのを確認すると受け取った。

リズも渡すだけ渡すと、こちらに帰ってくる。

カテリーナは相変わらず、俺とアイダの奴隷的な立ち位置にいる。

刻印の力を使って何度か教育してやったので、今はもうすっかり従順だ。

俺は自分が苦しめられた時間だけ、つまりはあと二年ほどしたら解放してやるつもりだが、後はアイダ次第だな。刻印の主導権も、アイダのものになるよう調整するつもりだ。

後はもう、アイダが煮るなり焼くなり、好きにすることができる。

肉体が死ねば魂が解放されてしまうため、殺されるようなことはないと思うが……。

一時の燃えるような復讐心はないとはいえ、千年もの間、ずっと拘束された恨みは深いだろう。

与えられた膨大な魔力のせいで過去の自分を失ってしまったという、つらい経験もあった。

アイダとアンゲリカの魔法を使えばきっと、延々と生き永らえさせることもできる。

これから彼女は、長い時間をかけて過去を償《つぐな》っていくのだ。

「なに、カテリーナ。私になにか言いたいことでも？」

「い、いえ！　なにもないですわ」

「ふぅん……」

偶然目が合ったアイダが話しかけただけでも、お仕置きされる恐怖で委縮している。

俺はそんな神の末路を横目に、リズの淹れてくれた飲み物を楽しんでいた。

「して、これで世界は落ち着いた。クニヒコ、元の世界に一度、戻ってみるか？」

アンゲリカの問いに、俺を腕組みをする。

「そうだな、ここにまた戻ってこられるのなら、考えてもいい」

俺はすでに、この世界に骨を埋めると決めていた。元の世界での二十数年を忘れるわけではないが、向こうでは手に入れられなかったものが多く有る。

今さらこれを放って、日本に帰ることは考えられなかった。

「行き来は少し難しいが……お前を召喚したという男に聞けば可能だろう」

「元教皇か、あまり触れたくはないんだがな……」

奴は今も、教会地下の牢獄に囚われている。

「私は、帰ってみたいけど。昔の記憶も蘇るかもしれないし」

「アイダの住んでいた時代と同じとは、限らないけどな」

彼女が元日本人だというのは知っているが、詳しい背景は闇の中だ。

とはいえ今さら興味もないが、アイダ自身が知りたいというのなら調べてみるのもいい。

「目標もなくダラダラしすぎると、体が鈍るかもしれない。それも考えてみるか」

俺はそう言ってお茶を飲み干すと、コップをテーブルに置いた。

「ただ、今すぐ奴に会いに行くのは止めておこう。もう少し牢獄での暮らしを楽しんでほしいしな」

元教皇が幽閉されてからまだ数ヶ月。最低でもあと一年は放置しておこう。

弱り切ってから会いに行ったほうが、感激してくれるに違いない。

「それまでの間、俺たちはここでのんびり暮らすとしよう」

俺はそう言って、読みかけだった本を手に取る。

リズは空になったコップを片付け、アイダは本の山から魔法書を取り出して俺の横に座った。

アンゲリカは向かい側の椅子に座ったまま弓を召喚し、手入れを始めている。

カテリーナは俺たちの興味が逸れたとみると、逃げるように部屋から出て行ってしまった。

まあ、刻印があるので本当に逃げられるわけではないが。

こうして俺の長い戦いは終わり、平穏な日常が幕を上げるのだった。

アフターエピソード　怪しい落とし物

二つの勢力の間で停戦合意がなってから、すでに一月が経った。

俺たちは魔王城跡の近くに建てた屋敷で、平穏な生活を送っている。

たまにどこかの国の使者が来たりしているが、基本的にはお帰り願っていた。

ようやくゆっくり暮らせるというのに、また面倒ごとに巻き込まれるのは勘弁してほしい。

教会の新教皇の紹介か、闇の勢力の代表からの紹介がなければ会わないようにしている。

ちなみに、闇の勢力の代表はアンゲリカの配下だ。本来なら彼女が代表になるのが相応しいが、俺のところにいる以上は、代表になることはないだろう。

「しかし、それでも週に一度は客が来るな」

俺は今日の訪問者が帰った後、応接室に残って休んでいた。

大抵はそれぞれの勢力から交代で、週に一度訪問者が来る。

例えば俺たちを迎えたいどこかの国の重臣だったり、屋敷に品物を卸したい商人だったり。

他にも、単独では解決できない問題で国や組織が助けを求めてくることもある。

話は様々だったが、俺たちに対して無理押しをしない点は評価できた。

紹介している両勢力のトップも、そのあたりを吟味しているんだろう。

「ご主人様、お疲れ様でした」

外で控えていたリズが入ってきて、空いたコップを下げる。

「ご苦労」

今日の相手は商人だったので、適当に話した後はお引き取り願った。

現状は物も足りているし、何か必要になればこちらから買いに行くと言った。

「そういえば、何か家の物で不足していることはあるか？」

ふと思いついてリズに尋ねる。彼女はこちらを向いて首を横に振った。

「いいえ、全て補充されています」

「だよなぁ」

現状、何か特別な催し物でもしない限り、足りないことはない。

もし道具などが不足すると、リズがカテリーナを連れて街に買い出しに行く。

彼女は奴隷になっているが、戦闘力は一般の兵士より高いし、忠実だからだ。万が一にもリズを放り出して逃げるようなことはしないだろう。刻印を使ってたっぷり教育したからな。

「いや、ありがとう。もういいよ」

「そうですか。では、失礼しました」

彼女はその場で一礼すると部屋を出ていったが、ポケットから何かが床に落ちたのが見える。

「ん、なんだ……？」

席を立ってそのほうに向かうと、それを拾う。落ちた物をよく確認すると、それは小さな瓶だった。中には赤色の液体が少量入っている。

「ガラス製の瓶……なかなか高価そうだな。なんでリズがこんなものを？」

彼女は先ほど言ったとおり、ある程度、街へと出ている。だが、あの性格なので、必要な物以外は決して買ってこない。となれば、これは何かに使う予定があるということになる。

「後で返しにいくか。だが品名も値札もない薬瓶とは……？」

ますます怪しく思いながらも、俺は応接室から自室に戻る。

今の時間はリズも仕事をしているだろうし、邪魔しちゃ悪いからな。

「まあ、入れ物からして、香水か何かだろう」

アイダあたりにでも頼まれたのかもしれない。各自が自由に使う金銭があるし、それで何を買おうと俺には関係ない。あくまでプライベートな部分でもあるし、好きにしようということだ。

そう思っていると、部屋にアイダがやってくる。相変わらずノックはするものの遠慮のない開け方で侵入してきた。彼女にもしっかり自室はあるが、俺の部屋で過ごす時間も長い。

そのまま朝まで過ごすことも多々ある。

「邦彦、今日の面会は終わったの？」

「今さっきな。今回も商人だった」

俺の話を聞くと、アイダは興味がなさそうに椅子に座った。

それならばと、俺は拾った小瓶を取り出してみる。

「これに見覚えはないか？」

「小瓶？　いいえ、初めて見るわ」

「そうか、予想が外れたな……」

一番有力そうな候補が先に消えてしまった。

いったい誰が買ってきたのかと思っていると、今度はアイダが俺の近くにやってくる。

「こんなもの、いったいどうしたの。誰かへのプレゼントとか？」

「だったら人数分買ってくるさ。さっきリズがポケットから落としたのを拾ってな」

「リズがこんなものを……。だから、誰かに頼まれたと思ったのね」

アイダも彼女の性格をよく知っているだけに、俺の考えを悟ったようだ。

「確かに珍しいけど、リズ本人が買ったものかもしれないわよ？」

「どうしてだ」

「だって、誰かに頼まれたなら裸のままポケットなんかに入れておかないんじゃない？」

確かに、アイダの意見にも一理ある。そう考えていると、彼女が小瓶を手に取った。

「まあ、手っ取り早いのは、これが何か調べてみることよ」

「あ、おい……」

「大丈夫、少しだけだから」

心配する俺をよそに、アイダは小瓶から数滴を自分の指先に落とす。

それからしばらく待って匂いを嗅ぎ、舌先で舐めた。

「どうやら、体に害があるようなものじゃないみたいね」

「それなら良かったんだが、あまり危ない真似は……アイダ？」

俺は勝手な行動を諌めようとしたが、見ると彼女の様子がおかしい。

自分の胸に手を当ててうつむき、息が荒くなっている。

「アイダ、大丈夫か？　即効性の毒だったか」

「違うわ、これは魔法薬よ……多分媚薬ね」

「なっ、媚薬だと？」

確かに媚薬は、もともと持っている自身の性欲を高めるものだ。

決定的に健康を害することはないし、ある種の栄養剤と取ることもできる。

「だからって、舐めたのはほんの数滴だろう。そんなに強力なのか……」

アイダを動けなくさせるほどとは、かなりのものだ。間違いなく俺やアンゲリカにも効果があるだろう。だが、大事なことは媚薬よりアイダのことだ。

「アイダ、立てるか？」

「はぁはぁ……抑えるだけでもキツいわ」

仕方なく刺激しないよう彼女を抱え、ベッドまで連れていった。

「ありがとう邦彦。でも、もう一つ頼まれてくれない？」

「なに……うおっ」

アイダをベッドに座らせた途端、俺はベッドに押し倒された。やったのはもちろんアイダだ。

「やっぱり、いちばん確実な解決法はこれだと思うの。いいでしょう？」

気持ちを抑えているのだろうが、それでも呼吸が大きく、体が火照っている。

その視線は俺の体をとらえて離さない。まるで肉食獣にでも狙われているようだ。

「ダメって言ってもするわよ。もうさすがに抑えられないから……」

そう言うと、アイダは手早く俺のズボンを脱がしにかかった。

いつもよりやや乱暴な手つきですませると、露出された肉棒をさっそく手に取る。

その指の感触もいつもより温かく、本当に発情しているんだなと思い知らされた。

「はむっ！　んっ、ふぅ、れろっ……」

「くぅ、いきなり……」

アイダはそのまま躊躇なくフェラを始めた。突然のことで俺のほうも準備ができていなかった。

だが、彼女の縦横無尽の舌使いで、すぐに硬くなってしまう。

「ふふっ、もうこんなに……邦彦は媚薬飲んでないのにね？」

彼女は固くなったものの先端を舌先で舐めながら、上目使いで俺を見上げてくる。

いつもより体が火照っているからか、より妖艶に見えた。ドレスの胸元からこぼれ落ちそうな豊乳にもしっとり汗をかいており、見ているだけで興奮が助長された。

「分かるわよ、どこを見ているか。お望みどおり、こっちでも楽しませてあげるわ」

アイダは自分のドレスに手をかけると、そのまま下にずらす。いとも簡単に零れてしまった胸に視線を釘付けにされながら、その谷間に肉棒が収まっていくのを見せつけられた。

「胸の中でどんどん熱くなってる……このまま舐めてあげたら、どうなっちゃうの？　ふふふふっ」

「これじゃ魔王というより、淫魔だな」

「なんとでも言いなさいよ、こっちの反応は隠せないんだから。んっ、ちゅ……」

アイダはそのまま、容赦なく俺を責めてくる。

雪山のクレバスのように深い谷間で肉棒をしごきながら、谷間から飛びでている先端を唇で覆い隠す。根元から先まで全てが彼女に包まれ、徹底的に快感を与えられていた。

「くっ……ヤバい、そろそろ」

アイダのエロい雰囲気とテクニックにやられ、すぐに興奮の頂点まで押し上げられそうになる。

「いいのよ、このままイって。たくさんちょうだい？」

その言葉と同時に責めが一気に激しくなる。

柔らかな乳房で肉棒がもみくちゃにされ、小ぶりな唇が先端に吸いついた。

「アイダ、出すぞっ」

この期に及んで、我慢するという選択はなかった。

精を搾り取るような奉仕を続ける彼女の頭に片手を置き、そのまま限界を迎える。

「ちゅぶ、んっ、んんっ!!　ごくっ、ごくんっ！」

吐き出される精を、アイダは一滴残らず飲み干している。

限界まで乾いていた喉の乾きを癒すように、管の中に残っているものまで搾り取ってしまった。

「はっ、はぁはぁ……ふぅ、ごちそうさま」

顔を上げると俺に向かって微笑む。といっても、そこにはまだ淫魔のような妖艶さが残っていた。

「まだ足りない……か？」

「ええ、体が渇いて仕方ないの」

見ればその体の火照りは続いており、一部では玉のような汗が浮かんでいた。

アイダはベッド脇に置かれていた水差しから水分を補給すると、そのまま俺の上に乗ってくる。

手際がよすぎて、体勢を入れ替える隙もないほどだ。

「まだこれからが本番ね……」

そのまま暑そうにドレスをはだけ、下着も放り出す。

火照った肌をさらけ出すと、そのまま俺の腰の上に跨った。

俺の先端が直に秘部に触れ、その熱さと濡れ具合が伝わってくる。

「邦彦は寝てるだけでいいから」

アイダはまだ硬さを保っている肉棒を手に取ると、そのまま挿入を始めた。

「くふっ、うっ、ふぅぅっ！」

ずぶん、という音が聞こえてきそうな勢いで、彼女の中に飲み込まれる。

「奥まで届いてる……もうこれじゃないと、満足できないわ」

お前はこれしか知らないだろうとツッコみたくなったが、藪蛇なので止めておく。

それに、いつにも増して熟成されているような膣内の感触に、余計な言葉が出てこない。

こうして挿入したまま動かなくても、繋がっている場所から愛液があふれ出てくるほどなのだ。

締まり具合もよく、ヒクヒクと動いて刺激してくるが、今のアイダがこのまま終わるわけがない。

「さて、動かすわね」

彼女はベッドに足を立て、挿入したまましゃがみ込むような体勢になって、左手を俺の胸に置いて体を安定させる。そして、発情した視線を俺に向けながら腰を動かし始めた。

「はっ、はっ、あん！　すごいっ、いつもより刺激が強くて……あぅっ、はぅんっ！」

しゃがみ込む体勢で普段よりも大胆に動けるからか、ピストンの動きも大きい。

リズムよく動かしながら、自分で感じる場所に当ててくる。

むき出しになった胸も揺れ、俺の興奮を誘った。

俺の手は自然とそこに伸びていき、暴れる乳房を押さえるように揉む。

「きゃ、んんっ！　揉まれるだけでこんなに気持ちいいなんて！」

歓喜の声を上げたアイダは、さらに腰を動かす速度を上げた。肉のぶつかり合う音が部屋に広がり、時折彼女の嬌声が響く。俺は胸から手を放し、両手でアイダの腰を掴んだ。

「いつまでも任せっぱなしは性に合わないんだよ」

今日の彼女はひときわエロいが、このままずべて受け身では面白くない。

腕でしっかり捕まえながら、下からアイダを突き上げる。

「きゃう！　やっ、ああん！　く、邦彦に串刺しにされちゃってるっ」

彼女は快楽に体を震わせた。その反応を見た俺はさらに動きの激しさを増す。熱を持った膣内をかき回し、突き解しながら興奮を高めていった。そして、とうとうお互いに限界がやってくる。

「イクッ、もうイクわ！　邦彦ぉ！」

「ああ、全部受け取れよ！」

最後まで彼女を突き上げながら、我慢していたものを吐き出す。

「きっ、きてる、子宮満たされながらイック……っ!!」

ビクビクッと全身を痙攣させて絶頂するアイダ。彼女はそれが収まると、俺の体へうつ伏せに倒れてくる。それを受け止めながら、俺は自分の精液が膣内を満たしていくのを感じた。

「はぁ……ふぅ……本当に体が燃えちゃうかと思ったわ」

俺の上で荒く息をしながら脱力するアイダ。

その心地よい重みを感じながら、重なっている肌から、彼女の心臓の動きが落ち着いていくのを確認した。どうやら体のほうは満足してくれたようだ。

「ごめんなさい、少し疲れたわ」

「ならそのまま寝てろ。起きても小瓶は弄るなよ？」

さすがに連続で、こんなアイダの相手をすると精力が尽きそうだ。

「ありがとう。でも……たまには使ってみてもいいかもしれないわね？」

そう悪戯っぽく言う彼女を見ながら、俺はため息をつくのだった。


翌日になって俺はリズの元を訪れ、小瓶を見せた。

「リズ、昨日これを落とさなかったか？」

「はい、わたしが落としたものですね」

「中身を確認したが、媚薬だぞ。いったいどうしたんだ？」

確かにリズはときどき俺を誘うが、こういったものは使ったことがなかった。

不審を拭えずにいると、次の一言で全てが氷解する。

「アイダ様から渡され、さりげなく落とすよう頼まれました」

「……なに？」

「毒ではないとのことでしたが、媚薬でしたか。なるほど……」

どこか感心したようなリズとは別に、俺は内心でどう反応したらいいのか迷っていた。

「あいつめ……」

結局、出てきたのはその一言とため息だけだった。

あとがき

初めまして、成田ハーレム王と申します。

以前の作品から読んでいただいている読者の方は、お久しぶりです。

今回の作品『召喚されたチート勇者のボーナスステージ ～美少女ハーレムを築きながら裏ボスを倒しに行きます！～』を手に取っていただいて、ありがとうございます。

タイトルが内容そのものなので、ほとんど説明することがないのですが、今回はちょっぴりハードな展開や甘いイチャイチャなどもギャップがあるので、そこを楽しんでいただけると幸いです。

今作はヒロインも四人と多めで、それぞれのヒロインとの会話やエッチシーンの配分には少し悩みました。ただ、全員に見せ場は作れたかなと思うので、読者の皆様には目についたヒロインを応援しつつ読み進んでいただければと思います。


ではさっそく、謝辞に移らせていただきます。

担当編集。今回も校了まで様々なことでご指導いただきありがとうございました。

イラストレーターの「サクマ伺貴」様。表紙から挿絵まで、主人公やヒロインたちのイラストをたくさん描き下ろしていただき、本当にありがとうございました！

そして読者の皆様。これからも楽しく読めてエッチな作品を作れるよう心掛けていきますので、応援よろしくお願いいたします！

二〇一九年十一月　成田ハーレム王

キングノベルス

召喚《しょうかん》されたチート勇者《ゆうしゃ》のボーナスステージ
～美少女《びしょうじょ》ハーレムを築《きず》きながら裏《うら》ボスを倒《たお》しに行《い》きます！～

2019年 12月 25日　初版第１刷 発行

■著　　者　　成田ハーレム王
■イラスト　　サクマ伺貴

発行人：久保田裕
発行元：株式会社パラダイム
〒166-0011
東京都杉並区梅里2-40-19
ワールドビル202
TEL 03-5306-6921

印 刷 所：中央精版印刷株式会社

KN073

オンボロ魔王城を難攻不落の要塞に改造した結果、最強チートのハーレムができました
KiNG novels
堅くて!立派で!
頼れるお城と軍師さんには、
いっぱい注いであげちゃうね♥
魔王少女カイラに召喚された八郎は、魔王城を改築し、人類軍からの猛攻を防ぐよう依頼される。カイラの力も借りて難攻不落の要塞都市となった魔王城に立て籠もり、魔族娘や女勇者とのんびりハーレム生活を送ることになって⁉
成田ハーレム王
Narita HaremKing
illust:能都くるみ